社畜、ダンジョンだらけの世界で固有スキル『強欲』を手に入れて最強のバランスブレーカーになる

～会社を辞めてのんびり暮らします～

相野 仁 illust/転

兵《へ》児《こ》帯《おび》ケータ
ブラック企業勤めの元社畜。
ヤケクソでダンジョン攻略に
挑戦する。
レナ
ケータがダンジョンで遭遇した
レプラコーンの少女。

御輿《みこし》山《やま》すだれ
大企業の令嬢。ダンジョンのアイテムを扱うビジネスを模索している。
辻《つじ》が霧《きり》まゆり
すだれに仕える従者その1。
米《よね》堂《どう》羅《ら》あずみ
すだれに仕える従者その2。

「レッサーデビルにとどめを刺しました。
条件の達成を確認しました。
隠しスキル『強欲』が解放されます」
無機質な男性アナウンスが
いきなり俺の脳内に響く。
「……は？」

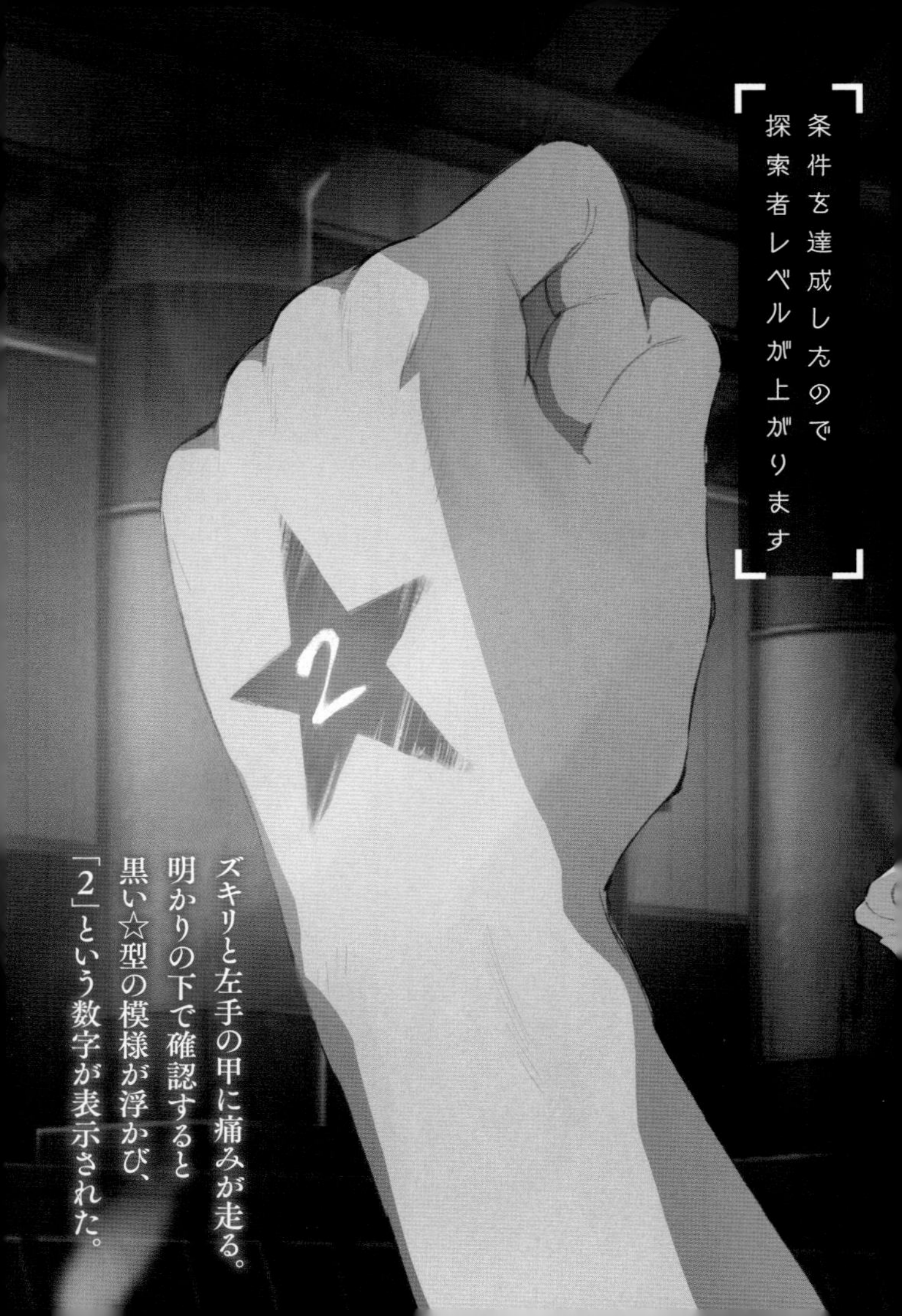
「条件を達成したので
探索者レベルが上がります」
ズキリと左手の甲に痛みが走る。
明かりの下で確認すると
黒い☆型の模様が浮かび、
「2」という数字が表示された。

「じゃあ君の名前はレナだ」
「レナ、ですか？」

レナと名づけたレプラコーンは
うれしそうに微笑む。
かなり可愛くて
人間じゃないってことを
忘れてしまいそうだ。
「うれしいです。名前、もらえた」

contents

ダッシュエックス文庫

社畜、ダンジョンだらけの世界で固有スキル『強欲』を手に入れて最強のバランスブレーカーになる
～会社を辞めてのんびり暮らします～

相野 仁

第一話 「ダンジョンドリームはあるか？」

「お前はどうして頑張らないんだ？」

上司の井谷夏生《いたになつき》がいやみを言う。

小柄で四十歳くらいで生《は》え際が大いに後退している男に呼びつけられた理由は、有給を申請《しんせい》したのがきっかけだった。

「みんな月百時間くらいは残業を頑張ってるのに、お前はたったの八十時間じゃないか。どうしてやらないんだ？」

いやみったらしく有給を却下されたあげく、お小言がはじまった。

残業代が一円も払われないからだと俺は心の中で言う。

どうして月に二十時間の差でごちゃごちゃ言われるんだろう？

「はあ、体が弱いもので。倒れたら迷惑になるかなと」

適当に言い訳をする。

「お前は会社への忠誠心はないのか？　働かせてもらってることに感謝の気持ちはないのか？　会社が報酬《ほうしゅう》をもらいたいくらいなんだぞ？」

するとすかさず言葉が飛んできた。

しまったな、ボイスレコーダーを持ってきたらよかった。

いくら労働局が頼りにならないと言っても、今の発言を録音して提出すればもしかしたら動いてくれたかもしれないのに。

「ごめんなさい」

「謝ったらすむと思ってるのか？　お前ももういい歳《とし》だろ？　どうすればいいのか考えることができないのか？」

このクソ上司、いつも以上に面倒《めんどう》くさいな。

「すみません」

「謝ればすむと思うなと言っただろう？」

ひたすら謝っていると井谷はイライラしはじめる。

いや、こっちはあんたのためにリソースを使いたくないいんだよ。

あんただってそんなイラつくなら非生産的なことに注力せずに、さっさと俺を解放すればいいのに。

ところが井谷にとっては俺を叱《しか》るのが大事な仕事らしくしつこかった。

結局二時間くらいネチネチ言われて、終電がなくなってしまった。

「はぁ……くっそ、どうするんだよ」

俺は会社の外に出て近所の自販機でコーヒーを買って飲み干し、空《あ》き缶をゴミ箱に入れたところで愚痴《ぐち》った。

帰れなくなった以上は朝まで会社に拘束《こうそく》されるしかないんだが、当然その分の手当なんて払ってもらえるはずがない。

典型《てんけい》的なブラック企業というやつである。

大学中退の俺が何とか会社にもぐりこめたまではよかったが……今にして思えばこんな俺があっさり面接一回で採用が決まった時点で想像するべきだったのかもな。

「くそが」

いっそのこと会社を辞《や》めてしまうか。

だが、辞めたあとどうするのかというアテはまったくない。

それが最大の懸念《けねん》事項で、会社が（と言うよりは井谷が）強気な理由だろう。

近くをうろついていると「渋谷《しぶや》ダンジョン」の入り口が見えてくる。

「ダンジョンなあ」

数年前、俺が学生だった頃突如《とつじょ》世界各地に出現して当時は大騒ぎになったもんだ。

一攫千金《いっかくせんきん》のダンジョンドリームをマスコミは取り上げてるが、やっぱり死者が出てるって事実がネックなんだよなあ。

「でもなあ」

今の俺の人生にどうせ未来や将来性なんて何もないし、死ぬまで安い給料で酷使《こくし》される可能

渋谷
受付
コチラ

性が高い。

だったらいっそのことわずかな可能性に賭《か》けてみるか？

ゼロは何をやってもゼロなんだから、ゼロじゃないだけダンジョンのほうがまだマシかもしれない。

たしかダンジョン探索は二十四時間出入りが自由だったはず。

つまり朝まで時間をつぶすアトラクションってことだな。

そんな考えが出てきて自分でもびっくりしている。

やばくなったら引き返せばいいか。

今がクソみたいな状況なんだ。

これよりひどくなるって死ぬくらいだろ。

そう安直に考えてつっこんでいく。

中には誰もいなかった。


「当たり前か」

終電がなくなった後もダンジョンにもぐってるって、どんな奴《やつ》だ。

入り口は広間みたいなところがあって、その奥の階段を下りて行って初めてモンスターが出てくる第一階層に入る。

たしかテレビか雑誌で見た覚えがある知識だ。

ダンジョン内部はひんやりとしていて、安物のスーツを着ているだけじゃ肌寒《はだざむ》い。

へえこれは知らなかったな。

最初に出てくるのはウサギかゴブリンらしいと聞いた覚えがあったけど。

敵と戦うなら何か武器でも持ってたほうがいいのか？

そう思ってダンジョン内部を見回すが、石くらいしか落ちていない。


「何もねえな」


仕方ないのでこいつを投げてモンスターを追い払うか。

いくつか拾ってスーツのポケットに入れる。

上着のポケットとパンツのポケットと五か所ほど入れりゃそこそこの数だ。

せっかくダンジョンに来たんだから一体くらいは倒して帰りたいところだが。

第一階層に入っても特に目立った変化はないな。

床も壁も青い水晶みたいな感じで、壁にはろうそくの火っぽいものが燃えている。

これは何だろうと思うが素人《しろうと》は触らんほうがいいかな。

どうせ調べてみたって俺の頭じゃ理解できないし。


それよりもモンスターはどこだろう？

まさか一匹もいないなんて展開は予想してなかったぞ。

それともアレか？　朝のうちに倒されたモンスターは次の日の朝にならないと復活しないとか、そういう感じ？

鬱陶《うっとう》しいシステムだなー。

それだと日中仕事や予定がある奴らはモンスターを狩《か》れないじゃん。

モンスターを狩れないと探索者レベルだって上がらないんじゃなかったっけ？

探索者一本で生活してる人がそこまで増えてない理由、実はこのシステムのせいなんじゃないのか？

欠陥品もいいところだよな……ダンジョンにしてみりゃ俺らを食わせる義務なんてないんだろうが。

問題は俺自身がどうすりゃいいのかってことだよな。

せめて一回くらい戦闘してみたかったってーの‼
ムカムカしてきたので石をつかんで思いっきりぶん投げる。
まったく世の中ままならないことだらけだ。
そんなもんだと言われてもイラっとする。
上手《うま》くやってる人間をニュースなんかで見ているからなおさらだ。
俺とあいつらとどうしてそこまで差が出るんだよ！
そんなに違うことだらけかよ⁉

「ギャッ」

怒りのこもった石は何かにぶつかったらしく、悲鳴が聞こえる。

「お、モンスターか？」

ついに戦闘に入るのかと気分が高揚したところで、

【レッサーデビルにとどめを刺しました。条件の達成を確認しました。隠しスキル『強欲《ごうよく》』が解放されます】

無機質な男性アナウンスがいきなり俺の脳内に響く。

「……は？」

何が起こったのかさっぱり理解できない。
かろうじてわかったのは俺がレッサーデビルとやらにとどめを刺したらしいということだけだった。

【条件を達成したので探索者レベルが上がります】

そして探索者レベルアップのお知らせも聞こえる。
何か釈然《しゃくぜん》としないが、上がって損《そん》するもんじゃないだろうから喜んでおこう。
探索者レベルを上げていかないと安心してモンスターと戦えないもんな。

と喜んでいるとズキリと左手の甲《こう》に痛みが走る。

明かりの下で確認すると黒い☆型の模様が浮かび、「2」という数字が表示された。

おおー、こうやって探索者レベルが示されるのか。

だとすればごまかしは不可能だよな。

ごまかすメリットなんてあるのか知らねーけど。

とりあえず探索者レベルが上がって隠しスキルとやらもゲットできたので、がぜんやる気が出てきた。

うちの会社は基本給十二万で諸手当全部合わせて千円だから、それより稼《かせ》げるようになれば会社を辞めて大丈夫だろ。

ダンジョンの第一階層を徘徊《はいかい》してみるが、モンスターと遭遇《そうぐう》しねえ。

一回くらいまともに戦いたいんだけど、これは無理かな？

と思っていたら紫《むらさき》色の石が落ちていたので拾う。

【レッサーデビルのストーンを手に入れました】

そんなアナウンスが流れる。

ああ、さっき俺が偶然とどめ刺しちゃった不運な奴か。
とりあえず探索者協会の支部に持っていこう。
たしか探索者レベルが上がったら申請して登録しなきゃいけないんだっけか？
ごちゃごちゃニュースでやってた気がするけど、覚えてないな。
ここでスマホは使えるのかって試してみたけど普通に圏外だった。
難しいなら外に出てみるかな。
知らないことばっかりだ。
まず探索者協会の支部ってこの辺だとどこにあるんだろう？
来た道を引き返して外に出る。
まだ夜中の三時ってところか。
ダンジョンの中だと時間感覚が狂うなぁ。
とりあえずダンジョンと絡《から》めて検索していく。
いろいろ出てくるなぁ。
ここから近いのは中野《なかの》支部で、午前七時から開いてるのか。
ダンジョンの入り口にも職員は七時から来るらしい。
朝から大変だなって同情しかけたけどこの人たちは公務員だった。

大変なのは大変なんだろうけどうらやましいねえ。
公務員なら高卒でも初任給が十五万くらいもらえるんだろ？
公務員と同水準が最低賃金になる世の中だったらよかったのに。
この国だと公務員の初任給を下げるとか言い出しそうなのがな……。
とりあえず中野支部に行って登録して探索者レベル２になったと報告しておこう。
強欲スキルとやらのことも報告したほうがいいのかわからないな。
調べても出てこないし、レアスキルは基本言わないほうがいいって意見もあるようだ。
面倒ごとを押しつけられたり、変な奴がちょっかい出してきたりするのかな？

第二話 「探索協会に行ってみよう」

中野《なかの》支部は中野区役所のすぐ近くにあった。

そう言えば何回かこの付近を通った覚えがあるな。

まだ時間が時間だから開いてない。

時間をどうやってつぶせばいいのかわからなかったので、結局ダンジョンへと舞い戻る。

適当にうろついて時間をつぶすと、

【強欲レベルが上がりました】


なんてアナウンスが流れた。

歩いてるだけでレベルが上がるってどういうことだ?

強欲って言うくらいだから、どんな経験でもレベル上げに使うことができるとか、まさかそんなスキルなのか？
いくら何でも……と思うけどちょっと期待してしまう。
モンスターと戦わず歩いてるだけで強くなれるなら楽だもんな！
もっともスキルレベルだけ上がっても本当に強くなれるのかは疑問だが。
こういう時、情報が出回ってないスキルは困る。
強くなれるのかどうか自分で調べていくしかないってのがな。
とりあえずどういうスキルなのか、それくらいは知りたいぞ。
これも協会の人に聞いておいたほうがいいのか。
スマホを見て時計を確認して外に出て、自販機で水を買う。
会社で寝ていればこんな出費しなくていいんだよな。
あんな会社だって水道水くらいは自由に飲めるんだから……。
そこまで考えて頭をぶんぶんと振った。
せっかく探索者として強くなってあのクソ会社とおさらばできるかもしれないんだ。
ここで弱気になってどうすんだよと自分を叱《しか》り飛ばす。
最悪レッサーデビルの石を売ればいい。
いくら何でもペットボトル一本分くらいにはなるだろ。

そう思えば気が楽になった。

歩きっぱなしだとへばってくるので適当な場所に腰を下ろして休む。

探索者になったからって体力が一気にアップするなんてことはないようだった。

ほんと痒《かゆ》いところに手が届いてないいんじゃやね？

なんて思いながら時間の経過を待つ。

ようやく七時になったので立ち上がってダンジョンを出たところで、びっくりした顔の中年男性と遭遇《そうぐう》する。

紺《こん》のシャツに黒い上着は何となく制服っぽく、左腕に『探索者協会』の腕章《わんしょう》をしていた。

「え、探索者……？　今までもぐってたんですか？」

「ええまあ」

面倒《めんどう》だから訂正《ていせい》せず、逆にたずねる。

「これから探索者登録したいんですけど、支部に行かないとだめですかね？」

この男性職員がやってくれるなら簡単なんだけどな。

「ええ、手続きはもちろん最寄《もよ》りの支部でお願いします。って登録してないのにもぐってたんですか？」

男性は大きく目を見開いた。

「だめでしたっけ？」

そんなルールがあると聞いた覚えがないんだが。

「だめではないですが、登録してないなら探索バンドをお持ちでないですよね？」

「何ですか、そのバンド？」

そんなものがもらえるのかと首をひねると、男性はため息をついた。

「とりあえず最寄りの協会までお越しください。そして説明を受けるといいでしょう。今私が話してもいいですが、手続きをする際に同じ内容を聞くはめになりますよ」

たしかに説明はできるだけ一回にしてほしい。

「じゃあ今から行けばいいですか？」

「ええ。もう開いてると思います」

そう聞いて安心したので礼を言って向きを変えた。

「無茶するよなあ、あの人」

という男性の声は聞こえなかったことにする。

実は俺もちょっとそう思ってたしな。

ひと晩あけて少し冷静になるとやらかしたかなという気持ちがわいてくる。

やっちまったことだからくよくよしても仕方ないので、今後のことを考えていこう。

何をするにせよまずは情報だよな。

とりあえず探索者がどうやって金を稼《かせ》ぐかくらいは知っておかないと。

風呂入ってねえし服はよれよれだが、家に帰れなかったんだからと開き直る。

協会の支部は何の変哲《へんてつ》もない建物で「日本探索者協会中野支部」と簡素な看板《かんばん》が出ているだけだった。

「看板がなかったら絶対わからないやつだよなこれ」

つぶやきながら自動ドアを通過する。

「おはようございます」

少し疲れた感じの男性職員がカウンターであいさつしてきた。

「すみません、探索者登録をしたいんですが」

俺を一瞬じろっと見て微妙な顔をしたものの、すぐに営業スマイルに変わる。

「はい。十六歳以上であれば誰でも登録は可能です。念のため身分証になるものを提示していただきますが」

身分証なあ……免許は持ってないし、健康保険証も携帯してない。

「勤め先の社員証でもいいですか?」

社員証って年齢は確認できないけど、十六歳以上の証明にはなるんじゃないだろうか?

「社員証ですか……勤め先に照会することになりますね。中には会社には内緒《ないしょ》でという方もいらっしゃるのですが」

そこで言葉を区切ってちらりと俺を見る。

「内緒にしたいですね」

「でしたら身分証のご用意をお願いいたします」

職員にそう言われてしまっては出直すしかないか。

あっ、待てよ？

「もうすでにダンジョンに入ってしまったんですが……」

と言って左手の甲《こう》を見せる。

「えっ？　というか探索者レベル上がってるんですか⁉　何でレベル上がるまで来てくれなかったんですか⁉」

職員は顔色を変えて早口でまくしたてた。

どうやらさんざんダンジョンにもぐっていたやつが、ようやく探索者登録する気になったと誤解されたらしい。

「いや、えっとその……」

どうやってごまかすべきか。

いっそ本当のことを話そうかと思ったが、言ったところで信じてもらえんのかな？

そんな疑問が浮かんだので適当な言い訳を試《こころ》みる。

「ちょっともぐるだけなら大丈夫かなって思ったんですよね」

「何言ってるんですか。レベル２になろうと思ったら普通一週間はもぐらなきゃいけないでしように。もうちょっとマシな言い訳してくださいよ」

男性職員はすっかりあきれてしまったようだった。

普通の人は一週間くらいかかるもんなのか……一日どころか数時間だって、本当のことを言っても絶対信じてもらえないな。

「まああなたが無知なのは事実でしょうけどね。ダンジョンに入って探索者の紋章《もんしょう》が浮かんだ人なら、それで登録ができますから」

「え、そうなんですか？」

聞き返すとため息をつかれる。

俺が悪いとは思うんだが職員がだんだんいやみで雑な感じになってきたので、情報だけ聞き出したらサヨナラしたいなあ。

「ええ、専用機器がありますし、探索者バンドも用意できますよ」

「じゃあお願いします」

ここで帰って別のところで登録ってのも面倒だ。

「はい、少しお待ちください」

職員は引っ込んでバーコードリーダーみたいな機器を持ってくる。

先を手の甲に当てて彼は読みあげた。

「えーっと、お名前は兵児帯《へこおび》さん。二十二歳ですね」

すぐに名前を言われて驚いた。

兵児帯なんて変わった苗字《みょうじ》、初見で読める人なんてまずいないのに。

この機器とダンジョンの不思議な力は本物ってわけか。

改めて実感できたように思う。

「では登録しておきます……」

職員は何やらパソコンをカタカタ打っていると、奥からもう一人年配の男性が出てきて、スマートウォッチのバンドみたいなものを差し出す。

「これが探索者バンドです。エナジーはこれがないと蓄《たくわ》えられないんですよ。ちょっともったいなかったですね」

「エナジー？」

聞き返すとまたまた驚かれる。

「この人ガチの初心者みたいで何も知らないんですよ」

パソコンをカタカタ鳴らしている職員がそう説明した。

「なるほど。エナジーとはダンジョン内部に満ちていてモンスターを生み出す要素だと推測《すいそく》されています。国はこれを集収して研究しているので、エナジーを集めて提供すれば、その量に応じて報奨金《ほうしょうきん》がもらえるんですよ」

ツッコミどころしかない気がするんだが、そもそもダンジョンそのものがツッコミどころ満載なので我慢《がまん》しよう。

「わかりました。これからは集めるようにします」

金になるっていうならやらない手はない。

「そうそう。モンスターが落とすエナジーストーンも買い取れますよ。そちらのほうがポピュラーで買い取り価格も高いですけどね。エナジーそのものだと、バンドで収集できる量は少ないしコストもかかるので」

まあ機器の運用維持《いじ》はどうしてんのっていうのもあれだもんな……世知辛《せちがら》い話になりそうだ。

「てか、エナジーストーン？　もしかしてこれですか？」

俺はポケットに突っ込んでいたレッサーデビルの石を取り出す。

「おおっ？」

二人の職員が驚きをあらわにした。

「ストーン持ってるじゃないですか。もしかしてストーン手に入れるまで粘《ねば》ってたんですか？」

若い職員は俺から石を受け取り、奥に置かれていた秤《はかり》に似た器具の上に載《の》せる。

「五十メットですか……下級デビルあたりですかね、これ」

「だろうな。登録してない人が持ってきたにしては上物《じょうもの》だぞ」

二人はそう言ってから俺に向き直った。

「これなら三十万円で買い取れますね」

「三十万⁉」

そんなに高いのか？　俺の給料三か月分くらいだぞ。

「不満ですか？　さすがにもうちょっと大きくて純度のいいやつじゃないとこれ以上は厳しいのですが」

「いえ、高くて驚いただけです」

俺はあわてて否定する。

価格に不満でごねてると思われてはたまらん。

「この場で現金をもらえるんですか？」

「原則として探索者バンドへの振り込みになりますね。全国どこの店でも鉄道でも使えるので不便はないはずですよ」

いつの間にやらそんな時代がはじまってたのか。

気にしたことはなかったな。

電子レンジみたいな音が鳴ったのでバンドを見る。

「振り込みが終わりました。これからはいつもつけてください」

俺は探索者登録されて三十万円の報酬《ほうしゅう》を受け取ったわけか。

「ところで自分が会得《えとく》したスキルの詳細《しょうさい》ってどうやって調べればいいですか？」

「ああ、それはステータス、スキルって言えばいいですよ」

すぐに答えが返ってくる。

あとでたしかめてみよう。

目的は達成したのでぺこっと頭を下げて協会をあとにする。

第三話 「エナジーストーンは儲かるらしい」

「次はどうしようか」

とつぶやいた。

始業までまだ時間はあるが、だからと言って会社に行く気にはならないなぁ。

一か月に一回モンスターを倒して手に入れたストーンを売ったら、会社の給料よりも高い報《ほう》酬《しゅう》になりそうなんだから。

一応もうちょっと実験しておいたほうがいいかもしれないな。

あとバンドで物を買えるのか試しておきたい。

コンビニを探して入り、とりあえず朝食のサンドイッチとコーヒーを手に取ってレジに持っていく。

「支払いはこれ使えますか？」

レジの中年の男性に聞いてみると、

「ああ。探索者バンドですね。少しお待ちください」

と言われる。

端末《たんまつ》機の準備が完了するのを待って読みとってもらい、無事に買うことができた。

もしかして探索者として頑張ったらまじでキャッシュレスできるんじゃないか？

ところでこのバンドってどんな動力で動いてるんだ？

聞くのを忘れてたが、支部まで戻ってあの二人に今から質問するのは何かいやだな。

とりあえずイートインスペースで腹ごしらえをする。

今日は会社どうするかな……昨日の今日で出勤したくないな。

一日くらい無断欠勤したって何も変わらんだろうと思うけど、会社の同僚（と書いて被害者仲間と俺は読んでる）たちにしわ寄せがいってしまうか。

とりあえず連絡先を知ってる同僚に「ごめん今日休む」とメッセージを送っておく。

これで無断じゃないしまだ八時前だし、何とかなるだろ。

会社を休むと決めたわけだし、場所を変えて家の近くのダンジョンに行くのもありだよな。

むしろ今後のためを思えばそっちのほうがいいかもしれない。

電車はもう動き出してるのでさっそく向かおう。

駅の改札でも問題なく探索者バンドで通過できる。

スマホで調べてみたところ、荻窪《おぎくぼ》駅の南側に位置する大田黒《おおたぐろ》公園の近くに「荻窪ダンジョン」があるらしい。

家は北口方面だからってのもあるかもしれないが、全然知らなかったな。

電車を降りて徒歩二分で到着。若干《じゃっかん》歩くスピードが上がってる感じがする。

入り口に立っている男性職員にバンドを見せると小さくうなずかれたので、そのままくぐった。

荻窪ダンジョンはというと、渋谷《しぶや》のダンジョンと最初のエリアがほぼ同じで拍子《ひょうし》抜《ぬ》けしてしまう。

第一階層の手前の準備区域とでも言うべき場所だからかもしれないが。

何人か探索者らしき人が入っていくが、年齢も格好《かっこう》もバラバラだな。

さすがに高校の制服を着てるやつはいないようだが。

気づいたのは、単独なのは俺くらいしかいないってことで、こっちを見ると皆、変な顔をする。

もしかしてチームを組んでもぐるものなのか？

職員は何も言わなかったんだから一人でもかまわないはずだ。

組んでくれる人のアテもないのでさっさと突き進んでいく。

階段を下りていくと柔らかい黒い土が出迎えてくれた。

やはりと言うか壁にたいまつのようなものがあり、内部を明るく照らしてくれる光源となっている。

雰囲気《ふんいき》を何割か損《そこ》ねてる気はするが、いちいちたいまつを自分で持たなくていいのは便利でありがたい。

このまま突き進んでみようと思ったが、さて他の人はどうやってモンスターを倒しているんだろうか？

参考までに一回くらいは見られたらいいんだが。

そう思ってぶらついてると、木の棒を持った小さな鬼のようなモンスターと遭遇《そうぐう》する。

とりあえず石を投げつけると一発で倒せた。
ゴブリンを倒したというアナウンスが流れるが、ドロップは何もない。
倒すたびにドロップしてくれたら楽なんだけどなぁ。
新しいスキルやアーツをとるなり何なりしていくしかないのかね。
次に現れたゴブリンを石を投げて倒すと小さな紫色の石と短剣を落とす。
さっそく手に取ってみる。

【ゴブリンストーンとゴブリンの毒短刀を入手しました】

アナウンスが流れるのを聞きながらこのシステムは便利だなと認識した。
ストーンはポケットに入れて、短刀をどうするかと悩む。
できればもうちょっとリーチが長い武器がほしいんだよな。
上手《うま》い具合に鞘《さや》とセットだったので後ろポケットにでも入れておくか。
バンドを見ても特に変化はない。
どれだけエナジーをためられたか見られるようにしたいんだが、どうすりゃいいのか。
わからないものを気にしても仕方ないので続きに戻ろう。

何匹かゴブリンを倒してドロップを集めたらそれなりの稼《かせ》ぎになるだろう。

そう思って歩いていたら、胴体に針が生《は》えているウサギみたいなモンスターと遭遇する。

すばしっこく動き回ってタックルしてきたのをかろうじてかわす。


「あっぶねー」


意外と速いやつだった。

ゴブリンを倒すのはちょろかったのでちょっと舐《な》めてたかもしれない。

動きが速いので石を投げて当てるのは難しいな、これ。

じゃあどうするかと考えて、さっき拾ったゴブリンの毒短刀を抜いてかまえる。

そしてウサギが突っ込んできたタイミングを狙《ねら》い、カウンターブローの要領で突き出した。

そんなに頭がよくないのか、タックルは急には止められないのか。

いずれにせよ見事に顔面に毒短刀が突き刺さって、低く呻《うめ》く声が聞こえる。

ウサギってこんな鳴き声出したかなー、ってモンスターに言っても意味ないか。

とりあえず動きが止まったので毒短刀を抜いてもう一度突き刺す。

するとどめの一撃になったらしく、ウサギは体勢を崩《くず》し粒子《りゅうし》となって消える。

大きな針が落ちていたのでさっそく拾った。


【ニードルラビットの針を入手しました】


ニードルラビットっていうのか、今のモンスター。

それにしてもまたリーチの短い武器かよ。

第一階層だと飛び道具とかは手に入らないって思ってたほうがいいのかもしれないな。

引き続きうろうろしてゴブリンを十匹、ニードルラビットを五匹仕留《しと》める。

ゴブリンストーンは合計三個、ニードルラビットのストーンは一個だ。

ゴブリンの石は落ちやすいけど、ラビットのほうは落ちにくいんだな。

そろそろポケットがパンパンになってきたのでいったん外に出て協会に行ってみようか。

持ち運び用のカバンとかもらえるかもしれないしな。

職員に目礼だけして外に出たとたん、スマホが振動する。

どうせ会社からだろうと思ったので無視して、とりあえず荻窪の日本探索者協会支部を検索して移動した。

荻窪支部も荻窪駅から徒歩二分程度の距離にある普通の建物だった。

看板《かんばん》を見ないと気づかない作りになってんのは、協会のルールだったりするんだろうか？

とりあえず入ってみると受付カウンターにいる茶髪の若い女性職員が、１００％の営業スマイルを向けてくる。

「探索者登録をご希望でしょうか？」

そんな風に俺は見えてんのかとモヤッとしたが、冷静に今の自分をふり返ってみれば不審者《ふしんしゃ》扱いされなかっただけマシだと考え直す。

時々、変な視線を向けられたりしたのも、今にして思えば……だし。

他の職員は露骨《ろこつ》に警戒《けいかい》しているので、この人は圧倒的に優しいという判断もある。

「いえ、登録はすませてきました」

探索者バンドを見せて、ポケットの中からドロップアイテムを取り出してカウンターの上に並べていく。

毒短刀は結局複数出たし、一本を残してあとは売り払ってしまおう。

「ポケットの中から……⁉」

「そんなに入るものなの⁉」

何人かの女性から驚愕《きょうがく》の声があがった。

何でもポケットに突っ込むのは悪い癖《くせ》っぽいので、今後は気をつけるべきなのかも？

「買い取り査定ですね。少々お待ちください」

女性はプロの鑑《かがみ》と言いたくなるくらい営業スマイルを崩さず、さっそくはじめてくれた。

「ゴブリンストーン三個、ラビットストーン一個、ラビットの針三本、ゴブリンの毒短刀を二本……探索バッグをお持ちでないなら、もう少し小マメに持ってきていただいたほうがよいかと」

と遠慮がちに言ってくる。

そうか、おそらくだけどみんなは短時間でこんなにドロップしないんだな。

「全部で買い取り価格が二十五万円になりますが、よろしいですか？」

「はい」

うなずいたもののレッサーデビルのストーン一個のほうが儲《もう》かったなぁと思う。

もしかしてあいつけっこう強くてレアだったんじゃね？

考えてみると、数時間もぐって二十五万円も稼げるならマジで会社行かなくていいなと気づく。

月十日だけやれば二百五十万円の稼ぎだし、半年遊べるじゃん。

なんて圧倒的なコストパフォーマンスなんだ、最高かよ‼

「では入金しておきますね」

女性はそう言って手続きをしてくれる。

あ、そうか、バンドに入金できるんだから待ってなくてもいいんだな。

仕事中の女性に声をかけるのはあれだから他の人にちょっと聞いてみよう。

「探索バッグってどこで買えるんですか？」

隣の黒髪の女性に聞くと、表情を消して回答される。

「受付で買えますから大丈夫です」

少し突き放したような口調だった。

「ヘコオビ様ですよね？」

手続き中の茶髪の女性が会話に入ってくる。

「私のほうで手続きさせていただきますが、バッグにはいくつかの種類があるんですよ」

そう言って立ち上がって奥に引っ込み、黒いポーチ二種類とリュックサック三種類を持ってきた。

「男性ですし、まとめて持って行きたい方にはリュックサックのほうをおススメしていますが」

たしかにたっぷり入るリュックサックがいいな。

二十リットル、三十リットル、五十リットルの三種類で値段は五千円、七千円、一万円か。

「一番大きいやつをください」

「かしこまりました。では探索者口座から引かせていただきます」

ああ、探索者口座ってのができてるんだ。
せっかくだし、ついでにあのことを聞いてみるかな。

第四話 「スキルと税金の話」

女性が手続きを終えたタイミングで口を開く。

「聞きたいことがあるんですが、自分のスキル効果ってどうやって確認できるんですか?」

「えっ……」

女性は一瞬固まる。

ぷっという声が後ろのほうから聞こえたが気にしない。

「ステータスととなえたら、ご自分のものはいつでも確認できると思いますが」

そうだったのか。

さっそく試してみたらたしかに脳内に表示される。

「ステータス」

【ヘコオビケータ：22歳：探索者レベル2】

【スキル：強欲】

効果はアイテムドロップ率上昇（小）、ドロップ判定上昇（小）、経験値《ち》アップ（小）、アーツ会得《えとく》率アップ（小）だった。

さらに「このスキル持ちはアーツストック数に上限がない。また成長限界もない」と特記事項まで書いてある。

これはまた聞きたいことができたが……。

ネームプレートに「若水《わかみず》」と書いてある女性はにっこりと営業スマイルを向けてくれたので、言ってみよう。

「アーツストック数や成長限界ってどういう意味かわからないんですが」

「ああ」

と若水さんはうなずいたけど、「ちょっとは自分で調べなさいよ」とぼそっという声が聞こえる。

「アーツはレベルに応じて同時に使える数が変わると言われています。成長限界は、探索者レベルが高くなるとレベルアップが難しくなるんです」

彼女の説明に納得した。
なるほど、ゲームだとそんなに珍《めずら》しくないシステムだな。
そして俺の強欲スキルはその制限を無視できるわけか。
ドロップ率上昇効果もついてるし、普通にかなり強いな。
ラッキーだったと思っておこう。

「ドロップ判定って何でしょうかね？」

ついでにと聞いてみると、若水さんは教えてくれる。

「アイテムがドロップする際、よりいいものに変わる確率ですね。ドロップ判定アップアーツを持っているとレアアイテムを獲得しやすくなるわけです」

「ありがとうございました」

なるほど、そういうことなのか。

「ヘコオビさんがゴブリンの毒短刀を二本ドロップしたのは、おそらくそれが理由ですよ」

若水さんは声を低めて言う。

ゴブリンの毒短刀ってレアアイテム扱いだったのか……いきなり落ちたから気づかなかった。

「何かあればお気軽におたずねください」

営業スマイルだとわかってるけど、天使の微笑に癒《い》やされる。
声を低めて配慮してくれたのもうれしいし。
今後何かあったらまたここの若水さんに相談することにしよう。

「ところでバンドの動力って何なんでしょうかね？」

「ダンジョンで回収できるエナジーが使われています。マメにダンジョンにもぐっていれば動力不足で動かなくなることはないはずですよ」

さっそくの質問にも笑顔で答えてくれた。
これは前にも似たような問い合わせがあったんだろうなと感じる返事だった。
昨日と今日で五十万円は稼《かせ》いだんだし、一度家に帰ろう。
結局まったく寝てないしな。

そう思って踵《きびす》を返したところで呼び止められる。

「あの、ヘコオビさん」

「何でしょう？」

まだ何か用件残ってたっけと思いながら問うと、若水さんはおずおずと聞いてきた。

「税金のことご存知ですか？」

「いいえまったく」

すっかり忘れてたな、税金ってやつを。

今まで気になるほど稼いでなかったけど、稼ぐようになったら所得税とか高くなるんだっけ？

「探索者登録していただいた方は所得税と住民税が安くなります。いまは国が探索者の支援に力を入れてるので」


え、まじで⁉

稼いだらその分がっぽり国税や地方税として持っていかれるわけじゃないのか⁉


「そして五年間は所得税が最大10％、住民税も10％。消費税と事業税は全額免除《めんじょ》です」


よくわからんけど、もしかして神システムってやつじゃないのか？

何でそんなものが広まってないんだ？

いくら俺がバカでも何か変だぞというのは理解できる。

警戒《けいかい》はしておいたほうがいいのかね……どうやってすればいいのかわからんけど。

あっ、深夜〇時過ぎから今日の午前中で五十万円を超える稼ぎって、冷静に考えたら相当やばくね？

ダンジョンドリーム、あるんじゃんかよ‼

もうあんなクソ会社とおさらばしてやるぜ‼

「よい探索者ライフを」

七面相しただろう俺に微笑《ほほえ》んで頭を下げてくれた若水さんに頭を下げ、俺は小走りで自宅に向かう。

クソみたいに狭くて、家賃の安さくらいしか取り柄《とえ》がないところだ。

早歩きで家まで戻る。まずは服を脱いでシャワーを浴びよう。

「おっと、探索者バンドは外しておこうか」

モンスターとの戦いに耐えられるんなら、シャワーくらい平気だと思うが。

サッパリしたあとは粗末《そまつ》なベッドに寝転がる。

仮眠をとって起きたら飯《めし》を食って、とりあえず退職願を郵送してから、またダンジョンに行ってみようかね。

起きてカップ麺《めん》で飯をすませると服を着替えて、もともと書いていた退職願を机の引き出しから取り出して最寄《もよ》りの郵便ポストに放り込む。

これで俺は自由だー‼

どんだけ稼いだってとられる税金の率が増えないんなら、がんばる価値はあるじゃんかよ‼

リュックサックを背負って再び荻窪《おぎくぼ》ダンジョンへと足を運ぶと、今回は十代や学生らしき探索者が増えていた。

がんばったら金になるんだし税金は優遇されてるんだし、学生たちにとってはいいアルバイトなんだろうな。

それはいいんだが二十歳《はたち》くらいの若い女性と二人の高校生くらいの女の子の三人組が目を引く。

何となく場違いな感じだし、大人しそうな黒髪の子が何かを言って、残り二人があきらめたような顔でうなずいている、そんな雰囲気《ふんいき》だ。

どっかのお嬢様のワガママに周囲が振り回されてんのか？

まあ俺には関係ないことと通り過ぎる。

さて、そろそろ第二階層に行くか、それとももうちょっと第一階層で粘《ねば》ってみるか？

第一階層で二十万円くらい稼げるんなら、第二階層に行かなくてもいい気はするんだよなぁ。

月給二十万円でも俺には大金なんだから。

いや、大金が入ったらあのオンボロアパートのワンルームから引っ越すことはできるのか。

よし、金を貯《た》めてもうちょっといい部屋に引っ越すのを当面の目標にしようかな。

いったいどんだけあったら部屋を借りられるのか、調べなきゃな。

気合いが入ったところでゴブリンが出てきたが、もう単純作業のように倒せる。


何回も倒してコツを覚えたらルーチンになるのはゲームと一緒だ。

第一階層なんだからハイレベルな敵が出てこられても困るが。

ゴブリンの毒短刀を二本、ラビットの針を二本、ゴブリンストーンを二つゲットしたあと、何匹目かわからないニードルラビットが白い石を落とした。

今までの石とは何か違うなと思いつつ拾ってみると、

【ニードルラビットの宝石を手に入れました】


とアナウンスが響く。

たぶんレアアイテムなんだろうな。

こんなのが落ちるとは、今日はツイてそうだ。

【探索者レベルが3に上がりました。そして強欲スキルレベルが2に上がりました】


続いて、そんな意外なアナウンスも聞こえる。

探索者レベルはともかく、スキルレベルは案に相違《そうい》して早く上がった。

ドロップ関連の効果があるから、モンスターを倒すたびに経験値が入ってたりするのかね。


【強欲のスキルレベルが上がったのでスキルにラーニング効果が加わりました】


さらに意外なアナウンスが続いた。

ラーニング効果か……確認してみると「他の探索者のアーツ、モンスターのアーツを学習して会得する能力」と脳内に表示される。

だいたい思ってた通りだったんだが、モンスターがアーツを使うところなんて見たことがないぞ？

レベルの高い敵になれば使ってくるってことなんだろうか。

それに他の探索者のアーツのラーニングってのもなあ。

いずれにせよ探索者たちが戦って、アーツを使ってるところを見ないことにははじまらないよな。

今のところどんなアーツがあるのかも知らないし。

まあダンジョン内をうろついていたらそのうち誰かと遭遇《そうぐう》するだろう。

そう思いながら歩いていくと、

「きゃーっ」


女性の悲鳴らしきものが聞こえる。

ピンチに陥《おちい》っているのかもしれないし単に驚いただけなのかもしれない。

一応声がしたほうに走っていき、角を曲がるとゴブリンの体が粒子《りゅうし》になって消えるところだった。

襲《おそ》われたものの全滅させたってことかなと思ってると、黒髪の少女がぐったりしていて、栗《くり》色《いろ》の髪のもう一人の少女が必死に叫んでいた。


「キュア！　ヒール！」

「うん……」

少女は軽くうめいたものの、そこまで症状は改善されない。

「ダメです！　アーツポイントが切れました！」

「そんな……」

二十歳くらいの美女は真っ青になったが、すぐに俺に気づく。

「そこの方！　ポーションか回復アーツをお持ちではありませんか⁉」

あいにくどちらも持ってない……と思いかけて、アーツラーニングのことを思い出す。

ダメだったらごめんなさいして逃げるか。

倒れている女の子の前に立ち、少女がやっていたまねをする。

「キュア！　ヒール！」

そもそも俺アーツポイントなんて持ってないんだから、発動しない可能性が高い……と思っていたのだけれど、俺の体の中から何かあったかいものが放出され、少女へと流れた。

「んんん」

倒れていた黒髪の子の血色がみるみるよくなって目を開く。

「ああ、よかった！」

「お嬢様！」

お付きらしい二人が喜びの声をあげる。
まさかいきなり上手《うま》くいくなんてな。
これがラーニング能力の効果なのか。

【条件を満たしたのでキュア、ヒーリングのアーツを会得しました】

そしてここでアナウンスが流れた。

なるほど、見たあとで自分で使ってみないと会得したことにはならない仕組みだったんだな。

第五話……「お嬢様の話」

素直に考えればワガママお嬢様がダンジョンで無茶したってところだろう。
美人揃《ぞろ》いだしお礼もほしいけど、それ以上に面倒《めんどう》ごとはごめんだ。
注意が俺からそれてる間に立ち去ろうと、そそくさと足音を立てずに後ずさりしているとお嬢様と目が合ってしまう。

「ま、待ってください！」

彼女の声で二人はハッとして俺を見る。
……ばっちり顔を見られてしまったので逃げるのが難しくなった。

「お礼をさせていただけませんか？」

二十歳《はたち》くらいのこげ茶色の髪の美女が声をかけてくる。

「そうです。ぜひお礼を。それにお名前をうかがいたいですわ」

と黒髪のお嬢様までもが言ってきた。

やっぱりもらえるものはもらっておこうかな。

栗色《くりいろ》の髪の少女は可愛《かわい》い系だけど、お嬢様は正統派美少女って感じだし。

「わかりました。ここじゃ危険ですし、ひとまずダンジョンの外に出ませんか？」

とりあえず、そう提案する。

「賛成です。さあお嬢様、参りましょう」

こげ茶の美女と栗色の少女は早口で主張した。

いつ新たなモンスターに襲《おそ》われるかわからないんだから二人の判断は当然だろう。

お嬢様とやらは不満そうにしながらも助けられたばかりだからか、逆らわなかった。

三人は周囲を警戒《けいかい》しながら歩いていく……と思いきや、お嬢様は俺に話しかけてくる。

「あのう、あなたのお名前を聞いてもいいですか？　私、御輿山《みこしやま》すだれっていいます」

キラキラした目はピュアでまぶしいけど、俺は騙《だま》されないぞ。

どう考えても周囲を苦労させるタイプの女だ。

「ヘコオビケータだよ」

ただ、お嬢様なら俺の個人情報くらい最悪探偵を使ってでも探り出せるだろうから、素直に教えておく。

「人のこと言えないですけど、けっこう変わった苗字《みようじ》ですね」

「よく言われる」

ヘコオビは漢字だと兵児帯って書くんだが、一発で読めた人は国語教師くらいしかいないもんな。

あ、受付嬢がいたか。

みこしやまだって十分変わっているが自覚あるなら言わないでおくか。

「ふふふ、おそろいです」

何が琴線《きんせん》に触れたのか、すだれは笑い声を立てる。

笑い声一つが音楽的に響くんだからきれいなお嬢様って得だな。

「ヘコオビさん、私から距離をとろうとしてますよね？」

青っぽい純粋な視線かと思いきや、こっちの心理を見透かされているような感覚を味わう。

「そうだよ？」

わかってるなら報酬《ほうしゅう》だけ渡してさっさといなくなってくれてかまわない。

そういう意思を込めて彼女の目を見つめると、彼女はとてもうれしそうに微笑《ほほえ》む。

「新鮮です。私の顔を見て、家のことを知ると何とかして取り入ろうとしてくる人たちばかりだったので」

見た目もスタイルも家柄もいい女の子ってなると、そうなるんだろうなあ。

俺は関《かか》わりたくないって思うタイプなんだが、そういうやつが出てくるのはイメージできる。

「ご愁傷様《しゅうしょうさま》だな」

と言うとすだれは爆笑した。

「そんなはっきり同情してきた人も初めてです」

しょせん今だけしか交流することのない相手だと思ってる。

だから遠慮なんてしないさ。

ダンジョンから出たところで、血相《けっそう》を変えた男性職員がやってくる。

「よかったです、ご無事でしたか？」

「平気ですよ」

すだれは打って変わって冷たく突き放すような態度をとった。

「ご心配をおかけしました」

代わりに二人のお付きが頭を下げている。

同情しかけたのは気の迷いだったなと思わざるを得ない。

すだれみたいなお嬢様より、こいつに苦労させられてそうな二人に感情移入してしまう。

「さ、行きましょ」

すだれは俺に声をかける。

せっかくだからドロップアイテムを売り払いたかったんだが……いや、こいつらの前でやることはないか。

「わかった」

考え直してすだれについていくことにする。

「この時間帯に四人で入れる喫茶店なんてあるのか？」

「問題ないと思うわ」

すだれが自信たっぷりに言って二人に目配《めくば》せをした。

二人は心得たようにうなずき先に歩くが、一分ほど歩いたところで立ち止まる。

駅前のオシャレな店舗《てんぽ》に彼女たちが入ると、あわてた顔で四十代の男性が出てきた。

「いらっしゃいませ、オーナー」

「オーナー？」

顔パスの可能性があるのは想像できたが、この展開は予想してなかった。

「ああ、私が所有してる店なのよ。個室をお願いね」

すだれはそう答えるとお嬢様の顔で指示を出す。

「はい、ただちに」

男性はあわてて奥へ行く。
どうやら入り口付近に普通の客席があり、奥に個室があるという構造のようだった。

三人とも黙ってしまっていて会話がない。

人の耳目に触れるような場所で話す気はないってことだろう。

「お待たせしました」

「お疲れ様」

戻ってきた男性にすだれが声をかけると、彼は俺たちを案内する。

そんなに待たされなかったのはオーナーの威光《いこう》だろうな。

通されたのは一番奥にある黒いドアの向こうの個室だった。

中はカラオケルームの部屋のような造《つく》りで、オレンジ色のソファーが二脚置かれている。

「まずは水を人数分。そのあとは呼ぶまで誰も近づけないで」

「はい」

氷水で俺が喉《のど》をうるおしたところでお嬢様が笑いかけてきた。

「改めてありがとうございます」

「いえいえ」

今さら感があったせいで形式的な感じになってしまったがまあいいだろう。

「まず最初に、助けていただいた報酬ですが、六千万円でいかがでしょう」

「ろくせん……？」

いきなりとんでもない額が出てきて、思考がマヒ寸前になる。

「救命オペの額と比較してもそこまで安くないと思うのですが」

彼女は俺の反応を変なベクトルで解釈したらしい。

「いや、十分だと思う。ちょっと驚いただけで」

あまりに欲張りすぎると思われても厄介《やっかい》なので、あわてて訂正《ていせい》しておく。

「そうでしたか。よかったわ」

すだれは、自分の見る目は正しかったという意味で喜んでいるのだろう。

俺のことは珍《めずら》しく欲がなくてユニークな存在だと思ってる節《ふし》があるからな。

「あずみ」

とすだれが声をかけるとこげ茶色の髪の美女が白色の端末《たんまつ》を取り出して操作し、ほどなく俺の探索バンドの通知音が鳴った。

「これで入金は完了しました」

「おお」

バンドをちらっと見たらたしかに先ほど提示された金額が表示されている。
一気に六千万円ゲットかと思ったが気になることが一つあった。

「この場合税金はどうなるんだ？」

そう聞くと三人に変な顔をされる。

「ダンジョン内で救助してその報酬を受け取る場合、税金はすべて免除《めんじょ》されますよ」

あずみと呼ばれた美女が説明してくれる。

「知らずに助けてくれたんだ」

すだれは目を輝かせていた。

何やら誤解が加速した気もするが、知らなかったのは事実だしなあ。

「あずみ、手続きはこちらでしておきなさい」

「かしこまりました」

すだれは笑みを消してあずみに命令する。

とりあえず税金の心配はしなくてもいいってことかな。

ところでこの二人は秘書兼護衛《ごえい》とか？

俺の視線に気づいたらしいすだれが「ああ」と手を打って、

「こっちが米堂羅《よねどうら》あずみ、もう一人が辻《つじ》が霧《きり》まゆり。私専属の秘書でメイドで何でも屋ってところかしら」

米堂羅あずみ
辻が霧まゆり

と説明する。

要するにあらゆる面倒ごとをすだれから押しつけられる立場ってことかよ。

二人とも俺より年下だろうに気の毒に。

俺の同情をこめた視線を二人は礼儀正しくスルーし、すだれは頰《ほお》を膨《ふく》らませる。

「何か失礼なことを考えていませんか？」

「いや、別に」

心を読むアーツなんて持ってないだろうからとぼけておく。

「用件がすんだなら俺はこの辺で帰りたいんだが」

六千万円ももらっておいてなんだが、ワガママで周囲を振り回すタイプのお嬢様と長く付き合う気にはなれない。

「待って、本題はここからよ」

すだれは腰を浮かせてすばやく言った。

何だかいやな予感がするんだが、一応聞いてみよう。

「私と契約して専属探索者になってくれない？」

「断りたいなあ」

正直に本音をぶつける。

ぽんと六千万円を払ってくれたんだから金払いはいいんだろうけどなぁ。

「一応条件だけ聞いておこうか」

あんまり気乗りしないという態度を隠さない。

「原則、私と一緒にダンジョンにもぐってもらうんだけど、一回三十万円払うわ。土日は終日だから六十万円」

「詳《くわ》しく話を聞こう」

すだれから提示された額を聞いて態度を変える。

三人の女性は目を丸くした。

「お嬢様？」

「きちんと対価を払うなら話を聞いてくださるのよ」

心配そうな、えーっと、まゆりのほう？　に呼びかけられて、なぜかすだれが得意げに答える。

「もぐるダンジョンは？　あんまり自宅から遠くはいやだぜ」

「こっち持ちでマンションを用意するわよ？　全部タダで」

条件が圧倒的にいい。

罠《わな》か？　と一瞬思ったが、六千万円を自分の判断だけで即払える経済力の持ち主だから、そんなわけないか。

「さらに詳しく話を聞こう。そっちの目的も聞いておきたいな」

と俺は言う。

危ないところを助けたとはいえ、何で大金を払って俺と契約しようとするのか。

第六話 「お嬢様の展望」

「そうね。説明をちゃんとしないといろいろ疑われちゃうわよね」

すだれは苦笑し、咳《せき》ばらいをして姿勢を正す。

「御輿山《みこしやま》家のことをどの程度ご存知でしょうか？」

とすだれが聞く。

「何も知らないな」

どっかで聞いたことがあるかもしれんが、金持ちの家の名前なんて覚えたところで俺の人生に一ミリも関係ないもんな。過去形を使ったほうがいい可能性が出てきてはいるが。

「じゃあ簡単に説明……あずみお願い」

すだれは言いかけたもののすぐにあきらめ、左に座るあずみに投げる。

「お嬢様のお父上は不動産会社大手『みこし開発』のトップ、さらにご兄弟が流通大手と金融大手のトップなのです」

何だその絵に描いたような勝ち組金持ち一族は。

「それで私が考えたのはダンジョンビジネスの可能性よ」

とすだれが真剣な顔をする。

「ダンジョンでとれたアイテムは高額で売れるものがあるって知ってる？」

さすがにこれは知ってるだろうという顔をされた。

「まあな」

それもまたダンジョンドリームの一つだし、ゆくゆくはやりたいと思っていたことでもある。

「お父様の会社はリゾート開発や富裕層向けの事業もしてるの。そこに目玉になるアイテムを持っていけたら、ワンランク上のビジネスになるじゃない」

ああ、金持ちの好事家《こうずか》は珍《めずら》しいものに億単位の金をつっこむってやつか。

「流通については言うまでもないでしょう?」

ダンジョンでとれた珍しい商品を扱う店となればそりゃ大儲《おおもう》けの可能性が高いな。

「それだと金持ち専門の商売ってことにならないか？」

一般人はよくわからんダンジョン産のものに大金を出すなんて無理だぞ。

俺がその立場だったからよくわかる。

「当面はね。いずれはドラッグストアで売ってる風邪薬みたいに、一般に広く流通させられるものも扱えるようにしたいとは思ってるわ」

「壮大な夢だな」

笑う気はないが何年かかるかわかんないぞ。

そんなこと本気で考えてるあたり、金持ちのお嬢様は発想が一般人とは違ってるんだな。

「……笑わないのね？」

「俺は自分の生き方に口出しされるのがいやだからな」

だから他人の生き方や目標もなるべく笑わないようにしてると話す。

もちろん凡人《ぼんじん》なんで徹底できてるとは思えないんだが。

「そう」

すだれは満足そうにうなずく。

「私の父や叔父《おじ》たちは理解してくれたけど、手助けはしてくれないの。予算はもらえたけどね」

「うん？　理解して予算はもらえたけど、手助けはしてくれない？」

いったいどういうことなんだと聞き返す。

「実現性が不透明でしかも小娘の私のアイデアに、会社としては協力できないってこと」

すだれが説明する。

そこまではわかる。問題はその先なんだよな。

すだれが何やら言いよどんだと思ったら、困った顔をしてあずみが口を開く。

「みなさま、たった一人の女子のすだれ様に非常にお甘いので」

まゆりはこめかみに指を当てている。

何となく読めてきた気がした。

「英才教育と称してビルやマンションや株をお与えになって、収入を自由に使ってよいとおっしゃったのです。ご兄弟全員が競うように」

あずみの言葉でだいたいの謎は解けたように思う。

「だからあなたを雇《やと》う費用、支払う報酬《ほうしゅう》は問題ないわよ。五億円くらいは毎年自由に使えるんだから」

毎年五億の小遣《こづか》いかよ……いったいどれだけ稼《かせ》ぎがあったらそんなことになるのやら。

「しかし、そんなことぺらぺらしゃべって大丈夫か？」

悪いやつらに聞かれたらやばいんじゃないの？　と聞いたら、なぜかすだれはうれしそうな顔をする。

「ここでそんな質問をしてくるヘコオビさんだから話したんです。なかなか信用できそうな人とめぐり合えなくて」

「お嬢様、意外と人を見る目はあるんですよ」

今まで黙っていたまゆりが言う。

「そのせいでえり好みが激しくて護衛《ごえい》をつけられず、私たちがやるしかなかったのも事実ですが」

あずみが苦笑する。

「何よ、もう」

ふてくされたように口をとがらせるすだれは、歳《とし》よりも幼《おさな》く見えた。

「それにヘコオビさん、装備なんてしてなくて手ぶらだし、しかも無傷でしょ？　絶対にすごい人じゃない」

彼女は気を取り直して話す。

そう言えばみんな武器や防具を身につけていたな。

俺は単に金がもったいないと思って買わなかったんだが、目立つのか。

「引き受けてもらえるなら、条件の詳細《しょうさい》を話すけど」

「詳細の条件次第《しだい》だなぁ……」

すだれに対して俺は正直に返す。

「今のままじゃ不満？」

「不満って言うか足りてない感じはするな」

探るような視線に遠慮したりはしない。

「と言うと？」

すだれは怒らず、俺がどう思っているのか聞き出そうとする。

事業の展望を描いてたりするし、単なるワガママお嬢様ってわけじゃないんだよな。

「俺が強敵を倒したり、希少価値のあるアイテムを手に入れた場合、日給三十万円だけじゃ割に合わないぞ」

それじゃ基本給は高いように見えて、手当もボーナスもインセンティブも一切ない、ブラック企業と同じじゃないか。

俺が警戒《けいかい》するわけが伝わったのか、すだれはなるほどとうなずく。

「じゃあ先にお話ししますね。強いモンスターを倒した際に手にできる報酬はすべてヘコオビさんのもの。レアアイテムを販売した場合は私たちの取り分が三割、ヘコオビさんの取り分は七割を想定しています」

へえ、モンスターを頑張って倒した分は全部俺のものか。それはいい。

レアアイテムを販売した時の売り上げの七割がもらえるってのも悪くない。

三割くらいなら引かれても別に法外ってほどじゃないもんな。

アイテムを運んだりする経費とかも俺が負担しなくて済むそうだし、流通大手の会社を持ってる御輿山家の力とやらを使えるんなら楽もできる。

「しかし、それでいいのか？　レアモンスターだとレア素材をドロップしたりするんじゃないか？」

おやっという顔をされたが、すぐにすだれが説明した。

「レアモンスター、ボスモンスターと呼ばれてる存在は確実にストーンを落とします。それはヘコオビさんのもの、レア素材をドロップした場合は要相談かしら。ヘコオビさんの装備に使ったほうがいいものだってあるでしょう」

それはそうだろうな。

もしかしたら特定のボスは特定の装備がないと倒せない、みたいなケースがあるかもしれない。

わかってる範囲で言うとわりとゲームっぽいので、そんなギミックを持ったモンスターがいることは考えられる。

「納得した。とりあえずモンスターのストーンは俺のもの、ドロップアイテムは基本そっちが販売して売り上げの七割が俺のものってことだよな？」

「はい」

すだれは即座にうなずいた。

俺としてはありがたい条件だったが、少し腑《ふ》に落ちない。

「それで採算はとれるのか？　よほどいいアイテムが手に入らないかぎりは赤字なんじゃないか？」

うまい条件を出しておいて思ったより儲《もう》からないので撤退《てったい》します、というのはけっこうある話だからな。

「ええ。だから五億くらいまでなら赤字が出てもいいのよ。単純計算であなたに対して毎日百三十万円の経費を使えるの」

「ああ……」

具体的な数字を突きつけられてようやく心から理解する。
毎日百三十万円を使えるとか無邪気な笑顔で言われたらな。
俺とは感覚が違うんだといやでもわかるしかない。
今までは頭だけでわかったつもりになっていたってことなんだろう。

「マンションもその経費ってうちか」

なるほどなぁ、毎日百三十万円使えるなら賃料二十万円とかのマンションだって用意できるってわけだ。

「違うわよ?」

すだれが首を横に振って補足する。

「マンションは私の持ち物を提供するので、経費とはまたカテゴリーが別ね」

何を言ってるのかわからなくなってきたぞ。

「マンションを提供する？」

「ええ」

とりあえずこれが俺にとって最高に都合のいい話だってのは理解したつもりだ。話がうますぎて罠《わな》かと疑われるところだが、昨日まで底辺だった俺に六千万円も払って罠を仕掛けるとか意味不明すぎるんだよな。

もともと失うものなんて何もないんだ、遠慮なくこの話に乗らせてもらおう。

「何なら数日考える時間を作ってもいいわよ」

と言ったすだれに俺はにやっと笑った。

「いや、決めた。契約してもらおう」

「早いわね」

すだれのみならず他の二名も目を丸くする。

「誘っておいて何だけど、じっくり考えてくれていいのよ？」

「チャンスは早めに飛びつかないと損《そん》だからな」

なんて言って肩をすくめてみせた。

一流企業に勤めてるエリート様だったりしたら、たぶんすぐに決断できなかっただろう。

ところが俺はブラック企業を辞めたばかりで失うものなんてない立場なんだ。

おいしそうな話にはまず乗ってみて、だめそうだったらさっさと逃げ出すさ。

第七話

「格差社会の現実」

「さっそく案内するわ」

とすだれたちに案内されたのはＪＲ新宿《しんじゅく》駅から徒歩五分ほどにある『みこし新宿シティー』という名のマンションの七階だった。

オートロックでガードマンとコンシェルジュが二十四時間詰めていて、宅配ボックスなどもある３ＬＤＫである。

やばすぎてすぐに声が出てこない。

「気に入らないなら他の物件を紹介するわよ？」

とすだれが言った。

もしかしたらここよりいいのがあるかもしれないが、そこまで欲張るつもりはない。

「いや、ここにするよ。荷物は……別にいいかな」

困るのは着替えとかタオルとかそのくらいだ。

「ああ、業者に頼んでおくわ。あずみ」

すだれの言葉にあずみがうなずく。

痒《かゆ》いところに手が届く雇用主《こようぬし》でありがたいかぎりだ。

こっそりスマホで情報を集めたところ、家賃は六十万くらいらしい。

それがタダで使えるってのはすごいな！

「他に何かある？」

すだれに聞かれたので首を横に振りかけて思いとどまる。

「次、一緒にダンジョンにもぐるとしたらいつなんだ？」

「明日よ。さすがに今日は難しいから」

すだれは即答した。

「了解。場所は新宿ダンジョンでいいのか？」

「ええ。それとも荻窪《おぎくぼ》のほうが慣れてるかしら？」

「いや、大丈夫だ」

気を回す彼女に笑いかけておく。

何せ荻窪も渋谷《しぶや》も初めて行ったところなんだ。

慣れ親しんだホームグラウンド的な立ち回りを期待されたって無理に決まってる。

まったく未知の新宿に行っても、あげられる成果はどうせ大して変わらないだろう。

「心強いわね。じゃあ何かあったら連絡してちょうだい」

とすだれは言って、連絡先を交換する。

電話番号やメールじゃなくてＳＮＳのものだったが、母親や先生以外の女性の連絡先を教えてもらったのは初めてだな。

しかも現役女子高校生のものなんだから世の中わからないものだ。

「私たちとも交換をお願いできますか？」

流れであずみとまゆりとも交換する。

できればお嬢様と直接ではなく、自分たちを仲介《ちゅうかい》してほしい的な空気を発しているように感じられた。

「わかった」

こういうのは無視しないほうがいい。

金持ちからすればしょせん俺は代替可能な駒《こま》にしか見えないはずだ。すだれの気まぐれで黙認されてるものの、あずみとまゆりに「すだれお嬢様によくない影響を及ぼす」なんて親に報告されただけで俺は詰む。

ただでさえ社会人と女子高生っていう立場だからな‼


「どうかした？」

俺とまゆりあずみの間に流れる空気を察したのか、すだれが首をかしげる。

「いや、別に。今日は着替えを買って適当に飯《めし》を食って明日に備えていればいいんだな？」

「着替えってか荷物ならもう届くでしょ」

「うん？」

すだれの言葉に首をひねったところでインターホンが鳴った。

「ほら」

得意そうな彼女の表情にマジかよ……と思いながら、テレビモニターを見るとたしかに引っ越し業者の男性の顔がある。

「はやい」

思わずつぶやいてしまった。

「お嬢様の名前で手配したので」

御輿山《みこしやま》家とやらの威力《いりょく》なんだろうか。

俺のために使ってくれたんだと思えばありがたいな。

段ボール数箱が搬入され、業者の男性は帰っていく。

「揃《そろ》ってるかあとで確認してくれる？　特に貴重品は」

すだれに言われたけどなあ。

残高がほぼない通帳と印鑑《いんかん》くらいしか確かめなきゃいけないもんはない。

あ、一応キャッシュカードもか。

残高がない通帳とカードよりもハンコのほうがヤバい気がする。

さっさと確認してみたらちゃんとあった。

「あとでって言ったのに……」

すだれがすねた声を出すが聞こえないふりだ。

だってこれは業務の範囲外なので彼女の言いなりになる必要もない。

「仕事じゃないからな」

と言うとすだれはにこりと笑う。

「気に入ったわ。さすが私が見込んだ人」

「大金を渡され好条件を提示されても尻尾《しっぽ》を振らず、マイペースなままなのは大したものです」

とまゆりが言った。

可愛《かわい》い顔してけっこう毒舌なのかもしれないな、この子。

「たしかに。この人なら信用できるかもしれません」

あずみも彼女に同調する。

何か俺が知らないところで二人の評価が上がったようだ。

金に尻尾を振るタイプは信用できないって意味なら同意するがな。

「じゃあ明日、楽しみにしてるわ。詳細《しょうさい》は当日になってから連絡するから」

すだれは二人を従えて帰っていく。

ようやくひと息つけるな。

「やれやれ」

思わずそんな言葉が出た。

美少女女子高生お嬢様とその側近《そっきん》美女二名と一緒にいるという、思い返しても急には信じられないような時間が終わった。

気のせいかいい匂《にお》いが残ってる気がする。

女の子って何でいい匂いがするんだろうなぁと思いつつ、段ボールを開けて、荷物を整理した。

それが終わると、あと何をするかで迷ってしまう。

すだれは明日学校に行くっぽいから、早くても十五時か十五時半くらいだろうか。

それまでの間、何をして待っていればいいのか……。

考えているうちに、契約時間外で俺はダンジョンにもぐってもいいのか、手にしたアイテムはどうすべきかということを確認していなかったと気づく。

とりあえずあずみのほうのＳＮＳにその疑問を書いて送っておいた。

返事は意外なほど早かった。

『お嬢様はご自由にとおっしゃっています。手に入れたアイテムは自分で使うなり売るなり、すべてお任せすると』

へえ、気前がいいな。

『御輿山家の力を借りて売りたい場合は手数料を払って、そうじゃない場合は自分の懐《ふところ》に全部入れていいわけか』

『そうなりますね』

あずみの説明はわかりやすかった。

まあ御輿山家の力を借りて売りたいアイテムってなんだろうって話だが。

エリクサーとか賢者《けんじゃ》の石でも出りゃそうなるけど。

……絶対にないとは言えないか、ゲーム的な部分がある上にわかってないことだらけなんだから。

将来そんなアイテムを手に入れてみたいねえ。

今のところ食うに困る心配はなくなったが、あくまでも一時的なもの。

すだれの気が変わったり、あいつの親が心変わりすれば一気に吹き飛ぶ立場だ。

そうなってもいいように準備はしておいたほうがいいな。

室内をぐるっと見回してみる。男一人で一時的に住むにしてはぜいたくな部屋なのは確実だ。

「どうせなら自分の稼《かせ》ぎで住めるようになりたいな」

今すぐは無理だろうが。

一つの目標を明確な形で見ることができたと思えば悪くない。

というわけで新宿ダンジョンに向かって出発する。

場所は中央公園があったところで、ここからなら徒歩で行けるだろう。

その前に晩飯を食っておこうかな。

考えてみれば昼飯を適当にすませただけで何も食ってない。

このマンションの近くに何があるんだ？


「おや？」


検索しようと思った矢先、テーブルの上に置かれてるパンフレットに気づいた。このマンションの設備のことがいろいろと紹介されているようだ。

入居者向けの案内なんだろうと思いつつ、ぱらぱら流し読みした。

すると「入居者のために無料のバイキングあり」と書いてある。

忙しくて自炊する時間がない人向けのサービスらしい。

俺にはちょうどいいので試しに行ってみよう。

おっと、ルームキーは持って行ったほうがいいな。

カード式だから財布の中に突っ込んでおけばいいか。

えーっとバイキングがあるのは二階なんだな。

エレベーターは三基もあるおかげかすぐに来てくれた。

二階に行くとホテルのレストランみたいな造《つく》りのエリアがあり、とがめられることもなく普通に入れる。


「いらっしゃいませ」


レストランスタッフのような制服を着た男女が笑顔で迎え入れてくれた。

ルームキーの確認すらされないのはそれだけセキュリティに自信があるってことなのかね。

せっかくだから楽しんでいこう。

新鮮な野菜に魚介類《ぎょかいるい》、高価そうな牛肉といろいろあるなあ。

ウニとかフグとかもあるようだが、それよりも肉と寿司《すし》だな！

金持ちたちが食ってる肉と寿司がどんなものなのか試してみたい。

取り皿に手当たり次第《しだい》並べて、あいてる席に座ってパクつく。

がっつく必要なんてないとわかっているが、どうにも我慢《がまん》できない。

「うま」

思わず声をあげそうになり、あわてて抑える。

うんめええ！

寿司も肉もうんめえ！

金持ちのやつらって普段からこんなものを食っているのか⁉

俺が今まで食べていたものとは明らかに別物なんだが！

こんなのがバイキングとして提供されてるとか、これが社会の格差の現実ってやつかよ……。

このまま終わりたくねえなと寿司を飲み込みながら思う。

俺だってこんな生活を送れるようになりたい。

探索者として成功すれば十分可能性はあるはずだ。

燃えて来たぞ！

やってやるぞ！

漠然《ばくぜん》とした将来設計に大きな燃料が投下されてやる気が燃える。

まあたぶん長続きはしないだろうが。

第八話　「新宿のダンジョン」

ダンジョンへ出発したのは飯《めし》を食べ終えて一時間後だった。
美味《うま》かったせいでついつい調子に乗って食いすぎたのは反省ポイントだ。

「やばかったな」

二度と食えなくなるわけでもないんだから、これからは自重しよう。
暗くなってきているが新宿《しんじゅく》ダンジョンは人が多い。
部活帰りの学生や会社の帰りのサラリーマンらしき姿まである。
人気があるんだな、探索者ってやつは。
実のところ単に俺が興味がなくて何も知らなかっただけだったりするのか？
変な顔をされることが多かったもんなー。

これから覚えていけばいいか。
俺はゲームだってマニュアルを読まずにまず突撃するタイプである。
命の危険を回避《かいひ》できさえすればあとは何とかなるだろ。
新宿ダンジョンの入り口は今までよりも数メートルほど長かった。
男性職員たちが立っていたのでバンドをチラ見せして中に入る。

「ん?」

……わざわざ見せてる探索者、他にいないな?
ちょっと立ち止まってそう思い、すぐに移動を再開する。
第一階層の手前の広間は楕円形《だえんけい》のようになっていて床の色は白い。
何組かパーティーがいて、それぞれ話し合っている。
パーティーか……今は無理でもいずれは組むことを考えたほうがいいのかな。
一人じゃ無理なことだって仲間がいればできることがある。
あと、単純に手数を増やせるってのはデカいだろう。

「攻略に詰まってから考えればいいや」


現状で、たられればを考えてもきりないからな。

新宿ダンジョンの第一階層は壁、床、天井ともに緑色だった。

壁と天井はうっすらと発光していてそれ自体、辺《あた》りを照らす光源となっている。

何か違うと思ったが、やっぱり今までのダンジョンにあったたいまつみたいなものがない。

ダンジョンの考察をしていても仕方ないのでモンスターを探すが、さすがにそう都合よくは遭遇《そうぐう》しないか。

モンスターを探せるアーツとかあれば便利なんだろうな。

今の俺はまだまだ足りないものばかり。

つまりこれからどんどん強くなれるってわけだから悲観する必要がないどころかワクワクする。

まあ歩いてるだけでダンジョンエナジーとやらをためられて、それを換金できるシステムだから俺に損《そん》はない。

むしろ適度にウォーキングをやることで健康的になるかもな‼

健康的になりながら金稼ぎって、考えたらかなりいい商売じゃね？

なんてことを思ってたらモンスターが出てきた。

白い大型犬みたいな姿をしているが、尻尾《しっぽ》が二本で頭も二つもある。

何だこいつはと思ったが、とりあえずゴブリンの毒短刀を投げつけた。

右側の頭部に命中しただけであっさり倒れる。


「よわっ！」


第一階層のモンスターとはいえ、ちょっと弱すぎないか？

それとも毒短刀が意外と強力なのか？

こんなのでも一応ドロップするみたいだしなと思いながら、床に何か落ちたのを認める。

そして、落ちていた白い尻尾を手に取った。


【オルトロスの尻尾を手に入れました】


なんてアナウンスが聞こえる。

オルトロスってモンスターだったのか、今のやつ。

とりあえずリュックに放り込んでおこう。

それから石も拾っておく。

毒短刀はできれば失《な》くしたくない武器だからな。

何かいい装備が手に入ったら用済みになるかもしれないが……かといって、いま探索者協会に行って買うのもなあ。

その金はどうした？　と聞かれたら説明が面倒《めんどう》くさいんだよなー。

すだれたちと行動していれば彼女たちが説明してくれるだろう。

うん、そうしよう。

うまい具合に結論が出たところでまたモンスターと遭遇する。

今度は紫《むらさき》の球体に羽が生《は》えているような奇妙なモンスターだ。

目の上の高さくらいを飛んでいるので届かないことはないが、手っ取り早く石を投げて倒す。

一発で倒せるあたりこいつが弱いのか、それとも探索者レベル3はけっこう強かったりするんだろうか？

後者の可能性だってあるよなー。

探索者レベルはもちろん強欲のレベルだって上げておきたいところだが。

ラーニングするためにはどっかのパーティーに混ぜてもらうのが一番じゃね？

今さらながらそのことに思い当たる。

すだれとの契約は彼女がダンジョンをもぐる時だけなんで、それ以外の日なら他の連中と組んでもいいんだよな。


問題はどうやって組む相手を見つけるかだが。

とりあえずオルトロスを二匹倒して、白いストーンを一個手に入れる。

【オルトロスストーンを手に入れました】

アナウンスが脳内に流れるのも予想通りだ。

また現れた紫の球体を倒すと小さな黒色のストーンを落としたので拾う。

【ボールバットのレアストーンを手に入れました】


とアナウンスが聞こえる。

ボールバットっていうのか、今のモンスター。
そのレアストーンとはちょっと期待できそうなものをゲットできたな。
第一階層のやつだからそんなに期待はできないが、レッサーデビルの例だってある。
石を拾っては投げて、遭遇するモンスターを次々と倒すルーチンに入った。
倒したオルトロスは六匹、落ちた尻尾は三つでストーンは二個。
ボールバットは五匹倒してレアストーンが一個だけだ。
効率だけで言えばオルトロスのみを狙《ねら》ったほうがよさそうだな。
と思ってたらまたボールバットが出る。
無視してもあとで面倒なことになるかもしれんから一応倒しておこう。

【ボールバットのレアストーンを入手しました】

二個目である。
通常ドロップがゼロなのにだ。
もしかしてボールバットはレアドロップの出る確率が他のモンスターより高めなのか？
レアストーンの売り値次第《ねしだい》では無視できないモンスターになるな。

どうせ予定は決まってないんだし、一度外に出て協会の新宿支部に売りに行ってみよう。

新宿支部はダンジョンを出た北側、道路を挟《はさ》んで税務署の向かい側にある。

受付の職員は男女両方いたが、ちょうどあいたのは女性職員のほうだった。

若くてきれいな女性が多い気がするんだが……俺には関係ないな。

「ドロップアイテムの買い取りをお願いします」

「はい。提出をお願いします」

感じのいい対応をしてくれるが、何となく見覚えのあるお姉さんの前に持ってきた物を並べると、彼女はぎょっとした顔になる。

「オルトロスの尻尾が三つに、ボールバットのレアストーンが二つ⁉」

小さな声だったので聞こえなかったようだが、何かあったらしいことは近くの人には伝わったようで彼女に視線が集まった。

「失礼しました」

彼女はぺこっと頭を下げてさっそく奥へ持っていく。

ほどなくして戻ってきて査定結果を告げる。

「オルトロスの尻尾が三つで六十万円、ストーンが二つで十万円。ボールバットのレアストーンが二個で五十万円です」

尻尾とレアストーンが高いな……レアストーンは何となくわかるが、もしかしてオルトロスの尻尾もレアアイテムだったりするのか？

「オルトロスの毛皮や牙《きば》ではなく、尻尾ばかり持ってきた方を初めて見ました」

胸に「若水《わかみず》」というネームプレートを付けた女性は信じられないという顔で告げる。

毛皮や牙が通常アイテムだったのか。

一個も落ちないと気づかないよなぁ。

「バンドをお見せいただけますか?」

と言われたので腕を差し出すとバーコードリーダーのような機器を当てられる。

「振り込みが完了いたしました」

百二十万円の儲《もう》けか。

第一階層なのにこんなに儲かるなんて新宿ダンジョンはいいところだ。

「ヘコオビ様?　もしかして姉が言っていた?」

と彼女は俺のデータを見てつぶやく。

「姉って荻窪《おぎくぼ》にいた若水さん?」

思わず反応してしまい、しまったと思ったが、彼女はいやな顔をせず、こくりとうなずいた。

「双子《ふたご》の姉が荻窪に勤めているんです」

「なるほど」

双子だったのか。

そこまで似てないと思うが見覚えがあるような気がしたのも当然だな。

「ヘコオビ様なら納得です。姉が言ってた通り規格外の方なんでしょうね」

なぜか一人で感心している。

ところで規格外って誰のことだろう？　俺のことか？

やっぱり強欲スキルってそれだけ強力なのかなぁ。

ドロップ率とドロップ判定のアップにアーツラーニングの効果もついてるもんな。

三つ目のは今のところあまり活《い》かしてないので今後改善を目指したい。

「アーツを使ってくるモンスターっていますか？」

俺のこと、ある程度姉から聞いてるなら素人《しろうと》な質問をしたって平気だろう。

そう考えての発言だった。

「ええ。第三第四階層あたりからそういったモンスターが増えますが……そこまでもぐったことないのですよね」

若水さん（妹）の様子から何か変なことを言ったらしいと推測《すいそく》する。

「ありがとうございます」

「いえいえ、何でも聞いてください」

若水さんはにこりと微笑《ほほえ》んだ。

素人丸出しの質問をされるのをいやがる職員もいるのに立派《りっぱ》なものである。

おそらくそれだけプロ意識が強いんだろうな。

もしかしたら俺が規格外っぽいから期待もちょっとくらいはあるのかもしれないが、職員たちにとって探索者がどういう存在なのかわかんないから何とも言えないか。

アーツを増やすためにはアーツを使うモンスターと戦うのが手っ取り早いよな。

パーティーは組んでみたいが、俺はズレてるし強欲スキルのことはあんまり知られないほうがいい気がする。

すだれたちと組むことになりそうだってのもあるが。

とりあえず第三階層を目指してみて、無理そうだったら撤退《てったい》するか。

第九話

「第三階層を目指してみよう」

じゃあ第三階層に行ってみるか。

キュアとヒールしか使えないままだと不便だから、もうちょっとアーツを覚えたいな。

……ところでみんなどうやってアーツを覚えているんだ？

そんな疑問が浮かび上がってくる。

さすがにこれは若水《わかみず》さんにも聞きにくいな。

スマホで調べてみよう。

「探索者　アーツ　覚える」で検索してみたら引っかかった。

どれどれ……最初にモンスターを倒すことでジョブスキルを覚える、だと？

そしてジョブスキルである程度覚えられるアーツが決まっていて、探索者レベル2までが一つ、レベル3になっても二つが上限らしい。

ああ、強欲スキルの制限なしはこの上限がないって意味なんだろうな。

そしてあずみとまゆりの二人がキュアとヒールしか使ってなかった理由も説明できる。

問題は俺の強欲がジョブスキルに該当《がいとう》するっぽいところなんだよな。

レアな隠しスキルだからか何の情報もない。つまり他人と同じやり方でアーツを会得《えとく》できるかわからないってことだ。

やっぱり他の探索者やモンスターがアーツを使ってるのを見るのが一番か。

一周回って最初のアイデアに戻ってきた感じ。

他のルートを早めに潰《つぶ》せたんだからこれでよかったのさ。

問題は、ダンジョンは道が何本にも分かれてる上にかなり広いので、そうそう他の探索者と会えない点だな。

今のところすだれたち三人以外と、ダンジョンの中で会ったことがないもんな。

「あの人装備してないよ？」

「変質者？」

なんてうわさされているのが耳に入ってくる。

明日すだれと合流したら装備を要求させてもらうか。

必要経費だろ、これ。

人の金、お嬢様の金で装備を新調するって何かロマンがあっていいな！


このまま第三階層まで突っ込んでいけばもっと目立つ気がするが、どうせすだれと契約した件でいちだんと目立っちまうんだろうな。

あのお嬢様、隠しごとが上手《うま》いタイプには見えない。

むしろいい人材が見つかったと吹聴《ふいちょう》しそうだ。

というわけで気にせずに行こう。

これまではとりあえずまっすぐ進んでいたが、今回は一番左の道を選んでみる。

何か変わるかなと思いつつ歩いているとオルトロスが出たので倒して尻尾《しっぽ》を拾う。

こいつ、牙《きば》や毛皮を落とさないんだが？

強欲の判定が優秀なんだろうな。

どうせ目立つのは避けられないんだろうし、こっちのほうが金になるんなら別にいいや。

ボールバットを一匹倒したが何も出ない。

何と言うか遭遇《そうぐう》率がちょっと下がった気がするな。

まあ今は下の階層に行くのと他の探索者の戦闘を見るのが目的なんだが、同じダンジョンにもぐり続けていると遭遇率が下がる可能性も考慮したほうがいいだろう。

第二階層の階段はどこにあるんだろうかときょろきょろ、うろうろしているうちに行き当たる。

同時に大学生くらいの三人組とばったり出会った。

全員チェーンメイルか革鎧《かわよろい》を着ていて、手甲《てっこう》や小具足《こぐそく》っぽいものをつけている。

剣を持ってるのが二人で、槍《やり》を持ってるのが一人と前衛《ぜんえい》だらけだ。

三人とも百七十五から百八十センチくらいだろうか。

俺よりちょっとだけ高いな。

「どうぞ」

俺が道を譲《ゆず》ると三人は小さくうなずいて、先に階段を下りる。

ここで彼らと遭遇したのはラッキーだ。

前衛系のアーツを使ってるところをぜひ見せてもらいたい。

彼らのあとをついていくと、不意に振り返った三人ににらまれる。

「何だよ？」

「たまたま行きたい方向が同じなだけなんだが」

悪びれず言うとちっと舌打《したう》ちされ、彼らは道をあけた。

「邪魔して悪かったな。先に行ってくれ」


そう言われてしまうと後ろに居続けるのは難しい。

何か警戒《けいかい》されたっぽいな。

無理に彼らにこだわる必要はないか。

２００メートルくらい行ったところでちょっと待ってみたのだが、彼らは来ない。道を変えたのだろう。

残念だなーと思いながら、今度もあえてまっすぐ行かず、横の道に入ってみる。

ほどなくして四人の男女がオルトロスと戦っている場に出くわした。

「ファイア！」

後ろにいるロングヘアの少女が火の弾を飛ばす。

おおっ、もしかして魔法か⁉

目を輝かして見ていると、オルトロスはそれをかわす。

「やあああ！　パワーラッシュ！」

そこに剣を持った少年が斬《き》り込む。

何かアーツを使ってるっぽい。

オルトロスは牙で受けようとするが、逆に牙を折られて苦悶《くもん》の声を漏《も》らす。

「やった、牙破壊成功！」

火の魔法を使った少女とは別のショートヘアの少女が喜ぶ。

「ラッシュランス！」

そこで、槍を持った少年がオルトロスの体に槍を連続して突き立て、オルトロスは倒された。

へえ、ああやってみんな戦うんだな。

「ふう、何とか勝てたね」

「私、出番なかったけどね」

勝利を喜びつつ、ショートヘアの少女が苦笑する。

三人しか直接戦わなかったところを見るとあの子は回復系の使い手なのかな？

前衛二人に魔法使いと回復係ならバランスはよさそうだ。

「オルトロスの尻尾、出ないなぁ」

「レアアイテムだから尻尾を切っても出ないのが困るよね」

彼らは嘆《なげ》いている。
牙が出ない俺とは対照的だなぁ。
もしかして牙はそのもの自体をへし折ってやればドロップ率が上がったりするんだろうか？
いいヒントをもらったな、あとで試してみようか。
とりあえず人目がないところでアーツラーニングを行ってみる。

「ファイア！」

おっ、小さな火の玉が出た。

【魔法ファイアを会得しました】

アナウンスが流れてほくそ笑む。

「パワーラッシュ」

次に武器を振り回すまねをしながら告げる。

【パワーラッシュを会得しました】

よしよし順調だな。
次は槍使いのアーツだ。

「ラッシュランス！」

【エラー、ラッシュランスは槍を持っていないと会得できません】

これは失敗してしまう。
まあアーツ名にランスって入ってるくらいだから仕方ないか。
ということはパワーラッシュは剣専用のアーツってわけじゃないのか。
二つのアーツを覚えられたんだから満足だ。

ゆくゆくは素手用のアーツとか探索用のアーツとかも覚えたい。

そう考えた矢先、オルトロスが出てくる。

ちょうどいい、実験してみよう。

いきなり石を投げつけて倒さず、牙をむいて噛《か》みついてくるのを待つ。

「おっと」

そして毒短刀でそれを受け止めた直後、牙を狙《ねら》ってアーツを使う。

「パワーラッシュ！」

「ギャン！」

狙い通り牙を一本へし折ることに成功したので、もう用済みだと毒短刀で首を斬った。

落ちたのは白色のストーンと牙、それに毛皮である。

【オルトロスのレアストーン、オルトロスの牙、オルトロスの毛皮を手に入れました】

おお、牙だけじゃなくてレアストーンと毛皮を初めてゲットしたぜ‼

サンキュー、さっきの四人組！

リュックサックに放り込みながら彼らに感謝する。

続いて、ボールバットが出てきたので石で倒した。

今の目標は第三階層に行くことだ。

あんまり欲張ってもよくないが。アーツを二つ覚えただけでも十分って言えるかな？

どうしようかなと迷ったが、やっぱり進むことにする。

すだれたちとの探索でどこまで進むのかわからない。

下調べをしておくという意味で行く価値はあるだろう。

危険なら具体的にどう危険なのか伝えた上で、だから反対だって主張もできる。

知らなかったら何も言えないもんな。

俺は護衛《ごえい》なんだしすだれをかばいながら戦うことになるわけで、つまり俺の意見は通るはずである。

通らなかったら契約解除すればいい。

強気で行こうと考えて第三階層への階段を探し出す。

今さらすぎるかもしれないが、ダンジョンの階段ってめっちゃ普通な感じなんだよな。

ファンタジーな階段てのも知らないが……。

第三階層に入ったところで壁・床・天井が赤くなったが、それ以外に特に変わったところはない。

敵の強さのレベルがいきなり上がったりしなきゃいいなと思いながらモンスターを探してみる。


「ファイア」


という声が聞こえて火の玉が俺のほうへ飛んできた。

おっと危ない。

左にひらりと避《よ》けつつ声がした方向を見ると、青いフードとローブに身を包んだ、身長百五十センチくらいの、杖《つえ》を持った影がある。

人型で魔法を使ってくるタイプのモンスターか?

知恵が人間並みと仮定した場合、強さは上がってると考えられるが。

じっと見ていると杖の先をこっちに向ける。

「アイス」

そして今度は氷の塊《かたまり》（と言っても大きさは小石ほど）を飛ばしてきた。

期待通りの展開に、俺はにやりと笑う。

「アイス」

小さな氷の塊をかわすと同時にそう言えば、同じような魂が出現して飛んでゆき、前方の敵に命中する。

【アイスを会得しました】

同時にアーツも会得できた。

あとはこのモンスターを倒すだけだな。

どうやら俊敏性が低い上に魔法でダメージを与えられるみたいだから、魔法で倒してみよう。

「アイス、ファイア」

と繰り返して四発で倒すことができた。

そして杖と石を落としてくれる。

拾ってみるとアナウンスが流れた。

【レプラコーンの杖とレプラコーンストーンを手に入れました】

ふむふむ、今のモンスターはレプラコーンっていうのか。

そんなに強くなかったが、第三階層だからちょっとは売却価格が上がってるといいな。

第十話 「情報を集めてみよう」

アーツポイントなるものがあるはずだよな。

全然疲れてないが、元気なうちに調べておきたい。

「ステータス、アーツポイント」

と言うと「10ポイント」という言葉が脳内に浮かび上がってくる。

おお、これがアーツポイントか。

ていうか四、五回くらい使ったあとなのに10ポイントって意外と残ってるな？

消費量が少ないアーツなのか、探索者レベルと強欲レベルのおかげで元からそれなりに高くなってるのか。

……いま気づいたけどアーツ取得をする際のアレはポイント消費しないのか？

だとしたらインチキ的な強さだな。

こんな強力なスキルの情報が出回ってないってことはマジで隠しスキルなんだろうし、他人《ひと》に言わないほうがよさそうだ。

すだれたちにはバレるかもしれないが、口止めできるよな？

どうせなら契約してる探索者が強くてレアなスキルを持ってるほうが、あいつの目的にも都合がいいはずだから。

どうなるかわからんことを今から気にしても仕方ない。

とりあえず第三階層の探索を続けよう。

第三階層はオルトロス、ボールバットは出ないらしいなとほどなくして気づく。

その代わりに出るのがレプラコーンだ。

というかさっきからレプラコーンしか出ない。

飛んでくる火や氷の魔法をかわしつつ、石を投げて倒す。

そのほうが手っ取り早いしアーツポイントを消費しなくてすむ。

いちいち石を探して拾う手間《てま》はかかるんだが。

てか、ここでも一発で倒せるので投石（投擲《とうてき》？）アーツがあれば便利なんじゃないかなと思う。

俺は持ってないけどな！

これだけ石を投げてモンスターを倒していても何ら会得《えとく》できないなら、投擲はそういうアーツじゃないんだろうなぁ。

それとも強欲持ちはラーニングでしかアーツを会得できないってか？

……ありえない話じゃないな。

それくらいのデメリットはないとただのバランスブレーカーだもんな、このスキル。

もっともバランスに影響が出るほどの制約かって言うと微妙なんで、結局バランスブレーカーな気がする。

他のジョブスキルなど何一つ知らない俺が言えた義理じゃないが。

今のところ問題ないんだし、考えるのは問題が起こってからにしよう。

第三階層はこのままレプラコーンしか出ないのかなぁと思いながら八匹目を倒す。

【レプラコーンのレアストーン、レプラコーンのローブを入手しました】

レアストーンが出てくるのはうれしいが飽きてくる。

他にいないなら第四階層への入り口を調査だけして帰ろうか。

スマホは圏外になってるが時刻はバンドに表示されるので、そろそろ深夜だとわかる。

一回帰って寝るか。

収入には余裕があるので今必死になる必要はない……ちょっと前の俺じゃとても考えられなかったことだが。

ダンジョンさまさまだった。

帰り道、オルトロスとボールバットに遭遇《そうぐう》したのでついでに倒して、牙《きば》を三本もらっておく。

探索者協会に顔を出すと職員は入れ替わっていて、全員が男性になっていた。

若水《わかみず》さんの勤務時間が終わったのは残念だなぁ。

どうせならきれいな女性がいいと思うのは男性心理あるあるである。

もちろん向こうは仕事だってことくらいわかってるさ。


「買い取りをお願いします」

「はい」

愛想《あいそ》のない中年男性だが、べつに不愉快《ふゆかい》というわけじゃない。

コミュニケーションが得意じゃないので最低限のやりとりだけってのは逆に好ましかった。

「オルトロスのレアストーン、オルトロスの牙、オルトロスの毛皮……レプラコーンの杖《つえ》とストーンですか」

驚いたらしいがこっちはもう慣れている。

強欲スキルで試行回数を増やせばレアアイテムは出てしまうのさ、と開き直った。

「買い取り価格は全部で九十万円になります」

と告げられたがもう驚かない。

レプラコーンはけっこう高いようだ、それともレアストーンが高いのか。

狙《ねら》って取れるならレアストーンを狙っていくのも戦術としてありか。

入金してもらったので新しい我が家に帰ろう。

当面、生活には困らないし、もう朝早起きしなくてもいいんだよな。

そう思うと何か感慨《かんがい》深い。

気まぐれと言うよりは自暴自棄《じぼうじき》でダンジョンに突入して、ほんの数日で俺の人生は激変してしまった。

ここまでよくなったんだからあの日あの時の俺を褒《ほ》めてやりたい。

とりあえずマンションに戻り、夜間番の男性コンシェルジュに目礼した。

夜でも明かりがついていて人がいるっていうのは便利だな。

パンフレットを流し読みした範囲だと、たしか郵送物の受け取り代理とかもしてくれるらしいし。

金持ちどもめ……と言いたいところだが、俺もそのサービスをされる側になったんだった。

シャワーを浴びて歯を磨《みが》いてベッドに寝転がる。

何と言うか安物とは何から何まで違う感じ。

おっと、さすがに探索者バンドは外しておかないと。

明日起きたらどうするかなぁ……あくせく働くこともないんだが、やることもないしなぁ。

とりあえず寝て起きてから考えるか。

時間はたっぷりあるんだ。

いつの間にか寝ていて、気づいたら午前九時だった。

知らない間に熟睡していたらしく、頭がすっきりしている。

八時間以上も眠れたなんていつ以来だろうか？

この暮らしをできれば守りたいなとちょっと思ってしまった。

生活水準上がったら下げられないって言葉をこのタイミングで思い出す。

頭を振って変な気分を追い出す。とりあえず下に降りて朝飯を食おう。

自分で用意しなくても移動するだけで食えるってまるでホテルだよな。

すだれの厚意でホテル住まいの気分を味わえるんだから遠慮なく楽しませてもらおう。

テイクアウトできるらしいので食後のコーヒーを部屋まで持ってあがる。

香りと味をゆっくりと楽しみながらふと思った。

今までろくに調べてなかったが、そろそろダンジョンや探索者についてそれなりにちゃんと調べてもいいんじゃないだろうか？

たとえば新宿《しんじゅく》ダンジョンの第三階層にはどんなモンスターがいるのかとか。

どんなモンスターからどんなドロップが出て、どれが高く売れるかとか。

行き当たりばったり過ぎたからなぁ。

今のところ何の目標もないんだし、すだれにつき合う以外に、そうした指標を何か一つくらいは持っておきたい。

そのほうが達成感あるだろうからな‼

で、スマホを使ってさっそく調べてみることにする。

とりあえず新宿ダンジョンでかまわないだろう。

「第三階層以降に出現するモンスターはっと」

第三階層はレプラコーンが中心で、運がよかったらコボルトが出るらしい。

強さ的にはレプラコーンのほうが上で、ドロップの売却価格もレプラコーンのほうがいいようだ。

それだけ見るとコボルトが出ると運がいいって意味がわからないが、コボルトはレアアイテムのコボルトの笛を落とす。

コボルトの笛はモンスターを呼び寄せる効果があるので、効率的な狩《か》りをしたい時に重宝するらしい。

あと売っても高いというのは魅力的かもしれない。

俺は単独行動中だからモンスターに集団で襲《おそ》われると厳しいもんな。

すだれ、あずみ、まゆりの三人が戦力になってくれたら別だが、出会った時のことを思い返すとあんまり期待しないほうがよさそうだ。

レプラコーンだけなら俺一人でも何とかなるだろうな。

第四階層からはレプラコーンにゴブリン、オークが増えるみたいだ。

オークもゴブリンも数多く現れる確率が高いので探索難易度が一気に上がるという。

うへえ……第三階層までなら単独で何とかなるし、高く売れるアイテムもドロップするんだから、その先は無理に行かなくてもいいかな？

問題は雇《やと》い主様のすだれが何と言うかだが、無理やり命令されたら拒否って契約解除すればいいか。

この暮らしを守りたいと思ってホヤホヤだが、命あっての物種《ものだね》だからな。

と思ったところで、

「うん？」


思わずつぶやいて手を止める。

新宿ダンジョンの第四階層にソロで行くなら、探索者レベル3とジョブスキル2が必要って書いてあったのだ。

……俺、どっちも条件達成してるじゃん？

問題は数を捌《さば》ききるための手段がないことだが。

ファイアとアイス以外に何か対集団用のスキルを覚えたいな。

さらに画面をタッチしてスクロールして有益な情報がないか探す。

半分雑談の攻略に関する掲示板を見つけたので、確認してみる。


【みんな、敵の数が多い場合はどうしてる？】

【やっぱり薙《な》ぎ払い攻撃か、範囲魔法でしょ】

【範囲魔法？　フレイムとか？　ウィンドストームとか？】

【そうそう。フレイムはジョブレベル3、ウィンドストームはジョブレベル4で覚えられるよ。

薙ぎ払いはジョブ次第《しだい》】

【高い！　3以上なのか】

【そりゃ範囲攻撃を使えたら探索が一気に進むんだから、要求されるレベルは上がるだろうよ】

【消費するアーツポイントも増えるから、レベルを上げておかないと一気にガス欠になるぞ】

【モンスターに囲まれた状況でアーツポイント切れとかおそろしいにもほどがあるよな】

【やめて、想像した】

俺も想像してしまった。

だが、第三階層くらいじゃ範囲攻撃を使える探索者がいるかわからない。

第四階層に行くことを視野に入れてみるか？

第十一話 「レナ登場」

迷ったものの、結局新宿《しんじゅく》ダンジョンの第四階層に行ってみることにした。

どうせ初挑戦するなら身軽な一人の時がいい。

やばくなったらソッコーで逃げられるもんな。

装備を加えずにそのまま第四階層か……と少しだけ思ったが、このままのほうがダッシュしやすいんだから仕方ない。

新調した装備が枷《かせ》になって逃げ遅れましたとか笑えないもんなあ。

変な目で見られるのは慣れてきたので、他の探索者についてはスルーする。

今回の目的は第四階層だし、いざとなったらリュックを捨ててでも逃げる予定なので、途中で遭遇《そうぐう》したモンスターたちも無視して進んでいく。

そして思ってたよりも少し早く第四階層にたどり着いた。

モンスターを無視して進めば十五分程度で来れるのか。

まあ無視しても何の問題もないモンスターしか出なかったという点は考慮すべきかもしれないが。

さて第四階層だぞっと。

情報が正しければゴブリンやオークが群れで出てくるはずだが。

おっと、第四階層へ入る前に石だけは拾っておこう。

石をリュックやポケットに詰め込んで突入したが、いきなりそれらに遭遇するってことはなかった。

それはいいけど、逃げるときのことを考えると階段からあんまり離れたくないんだが。

ヘタレなことを考えつつ少しずつ歩いていくと、前方に身長百二十センチくらいで角《つの》が生《は》えたゴブリンが五匹いる。

そしてその後ろに白いブタ頭の体格のよい二足歩行のモンスターがいた。

こいつの身長は百八十センチはあるだろう。肩幅も広い。もしかしてこれがオーク？

「ギャギャギャギャ」

ゴブリンたちがやかましく鳴いて突っ込んできたので、とりあえず石を投げつける。

「ギャーッ」

二匹倒したところで他のゴブリンはびっくりしたように立ち止まった。

いい的《まと》なのでさらに一匹倒す。

倒しても何もドロップしないので残り二匹に期待する。が、その二匹は背を向けて逃げ出した。

「おいっ」

と思ったら、突然オークが右手に持ってた槍《やり》を使ってゴブリンたちを倒してしまう。

仲間割れかよ……そしてドロップ落ちるのかよ。

オークを倒したら俺が拾えないかな。

試したいところだし、そのためにもまずオークを倒そう。

オークはこっちを見てニタリと笑い、槍をかまえた。

「ダッシュ！」

そしてアーツ名を叫ぶと一気に俺との差を詰めてくる。
そんなスキルもあるのかよ⁉

「薙《な》ぎ払い！」

次に槍を勢いよく横に薙ぎ払ってくる。
しゃがんでかわし、反撃した。

「パワーラッシュ」

手に持った石を顔面に叩《たた》きつける。

「グガッ！」

オークは苦悶《くもん》の声をあげてうずくまったのでちょうどいい。

「ダッシュ！」

オークに背を向けてさっき目にしたスキルの名を叫ぶ。

【ダッシュのアーツを会得《えとく》しました】

アナウンスが流れたところでオークとの距離をかなり取った。
ちょっと離れすぎたがまあいい。

「アイス、ファイア」

そして魔法を二発撃ち、さらに石を投げつける。
三つめの石が当たったところで白いオークは床に倒れ、その体は粒子《りゅうし》となって消えた。

「ふー、無事に倒せたな」

手強《てごわ》かったが意外と何とかなるもんだな。

【探索者レベルが4に上がりました。強欲スキルが3に上がりました】

アナウンスが流れた。

おお、経験値《ち》がうまかったのかなと考える。

【強欲レベルが3になったのでモンスターテイム能力が加わりました】

え、強欲ってそんな効果もついてくるの？

本当に名前の通り欲張りなスキルなんだな。

よく見ると槍とストーンがドロップしている。

槍かぁ……ラッシュランスを覚えるのにちょうどいいな。

そう思って拾う。

【白豚《しろぶた》戦士の槍を手に入れました】

とアナウンスが流れる。

白豚戦士か……色違いモンスターでもいるのかねえ。

なんて考えながらストーンも拾う。

【白オークのストーンを入手しました】

とアナウンスが流れたので、やっぱり色違いモンスターはいるんだなと判断する。

「ラッシュランス、薙ぎ払い！」

【ラッシュランスを会得しました。薙ぎ払いを会得しました】

無事に二つのアーツを会得できた。

探索者レベルと強欲レベルが上がったせいかアーツポイントも回復している。

場合によっては第三階層に引き返そうと思っていたのだが、かなりいい感じだ。

槍は二メートルくらいあるので、敵と距離を取って戦えそうである。

俺は自分の白兵戦《はくへいせん》スキルなんて信用していない。

白いオークとの戦いをもう一度やれと言われても勝てるか怪《あや》しいと思う。

槍を持っていれば遠くからは魔法、中距離からは槍って戦い方ができていいな。

薙ぎ払いで複数の敵に攻撃できるのもいい。

せっかくだからゴブリン相手に少し練習しておくか？

掲示板には数が多くて面倒《めんどう》だというニュアンスの書かれ方をしていたようだが、一匹一匹はそんなに強くなさそうだった。

オークと同時に戦わなきゃ何とかなるんじゃないかというのが体感である。

確かめてみようと第四階層の赤い床を歩く。

次に出てきたのはゴブリンが四匹だったのでお手頃な練習になりそうだった。

ダッシュを使おうかと思ったが、無駄にアーツポイントを消費することもないか。

槍が届きそうな距離まで近づくのを待ち、

「薙ぎ払い！」

で一掃《いっそう》する。

うん、ゴブリンはそんなに動きが速くないし頭もよくないらしい。

もう一度、今度は五匹相手に同じ戦い方をして成功したので確信する。

まあ頭がよかったら範囲攻撃を食らわないように隊列を工夫したりするもんな。

とりあえず満足したので上の階層に戻ろうかと思ったが、ピンク色のブタ頭一匹と遭遇する。

オークの色違い版だろうな。

槍を持っている点は同じだったが、こっちを見てダッシュをしてこない点が違う。

お互いの攻撃が届きそうなところまで近づいてきたので、とりあえず牽制《けんせい》をしてみる。

「ファイア」

「ギャアアア」

火の魔法の効果は覿面《てきめん》すぎたのか、オークは床に転がって悶絶《もんぜつ》しはじめた。

「ファイア」

もう一回使うとあっさり倒せてしまう。

白い奴《やつ》のほうが確実に強かったので、もしかして俺は最初にレアなほうと戦ったんじゃないだろうか？

ピンクのほうのオークは何もドロップしなかったので確信は持てなかったが。

それにしてもモンスターテイムかあ。

テイムできるモンスター次第《しだい》じゃ戦力アップになるけど、どのモンスターをテイムすればいいんだろうか？

全然わからんなぁ。

ゴブリンやオークはパスだが、オルトロスあたりはアリか？

いやでもあいつそんな強くないしなぁ……。

育てること自体は別にいいとして、どれだけ育成コストがかかるかにもよるな。

一匹くらい育ててみるかね？

どうせなら犬がいいかな。

俺は動物好きってわけじゃなく、比較的親しみがある動物が犬ってだけなんだが。
引き返している最中にレプラコーンを三体ほど倒す。
槍を手に入れただけじゃレプラコーン戦は違いが出ないな。
石を投げて倒すのが鉄板すぎる。
レプラコーンストーンを一つだけ拾ったところで、

「ファイア」

と叫ぶレプラコーンがまた出現する。
攻撃を避《よ》けながら声のした方向を見ると白いフードを被《かぶ》った個体だった。
おそらくレアな個体なんだろうけど、強さ的にはどうなんだろうか？

「ファイア」

と相手と同じ魔法を撃ってみる。

「レジスト」

するとそんなスキルを使い、俺の魔法を目と鼻の先で相殺《そうさい》した。
レジストってスキルを使ってくる奴は初めて見るな。
ここがレア個体たる理由だろうか。
しかし魔法が相殺されるなら物理で戦えばいい。
とりあえず今まで必勝だった石投げをすると、

「ぎゃん」

防げなかったらしく命中して悶絶する。
そこを狙《ねら》って一気に距離を詰めて槍を突き刺す。
レプラコーンは昏倒《こんとう》した。
勝ったなと思ったが、すぐに体が粒子にならない。
おやっと思って再び槍をかまえ直したところで、

【レプラコーンを仲間にする条件を達成しました】

脳内アナウンスがそんなことを告げてくる。

【レプラコーンを仲間にしますか？】

どうするか迷うが、まずは仲間にしてみるのも手だと判断した。

「レプラコーンを仲間にする」

と告げると倒れていたレプラコーンが起き上がる。

「これで俺の仲間になったのか？」

「そう、です」

答えてレプラコーンは白いフードを取った。

白い肌《はだ》に金髪に碧眼《へきがん》という人形みたいに整った顔立ちの少女だった。

【名前をつけることで正式に仲間となります。名づけは保留できますが、早めに終えることをおススメします】

アナウンスが何やら親切な忠告をしてくれる。

「じゃあ君の名前はレナだ」

「レナ、ですか?」

レナと名づけられたレプラコーンはうれしそうに微笑《ほほえ》む。

「うれしいです。名前、もらえた」

かなり可愛《かわい》くて人間じゃないってことを忘れてしまいそうだ。

「俺と戦ったばかりなのに大丈夫か？」

「……そのへんのこと、よく覚えてません」

レナは困惑《こんわく》して答える。

ついさっきのことなのに覚えてないってどういうことだろう？

「とりあえずよろしくな」

「はい、ごしゅじんさま」

レナはもう一度うれしそうに微笑み、俺を見上げる。

第十二話 「急募：テイムしたモンスターの扱い方」

テイムしたモンスターをどうすればいいのか、何も知らないことに気づいたのは第一階層まで戻ってきてからのことだった。

「ごしゅじんさま、とてもつよかったですね？」


立ち止まった俺にレナは言う。

とりあえずうなずいておいて思案する。

他の探索者は俺とレナを見て、何だモンスターテイマーかという顔をするだけだ。

意外と受け入れられてるんだからダンジョンの外に連れ出しても大丈夫かな？

そのまま出ようと階段をのぼっていると、上から降りてきた中年男性がぎょっとして話しかけてくる。

「あんた、テイムしたモンスターを外に出すなら、モンスターリングに入れないとまずいだろ！」

「モンスターリング？」

何だそれって顔で聞き返す。
男性は額《ひたい》に手を当てて空をあおぐような動作をした。

「そんなことさえ知らずにモンスターをテイムしちゃったのか」

「何か気づいたらできたんですよね」

面倒《めんどう》くさいから説明は省略したのだが、うそは言ってない。

「ごしゅじんさま、どういうことなんでしょう？」

レナは事情が呑《の》み込めずきょとんとしている。

「すまないが外に連れて行けるかわからなくなった」

と説明してから男性に問いかけた。

「このまま外に連れ出したらどうなります？」

「……たぶんその子はレプラコーンだろ？　フードを被《かぶ》って黙ってたら一般人には気づかれないと思うが、協会職員にメチャクチャ怒られるのは覚悟しろよ」

男性は処置なしという顔で言い、盛大にため息をつく。

「ごしゅじんさま、ごめんなさいです」

レナは自分のせいで俺が怒られていると思ったらしく、しょんぼりしてしまう。
そんな彼女の頭を撫《な》でてやる。

「気にするな」

時計を見たら昼前くらいだったのでまあ何とかなるだろう。
すだれたちに連絡をしてモンスターリングとやらを買って持ってきてもらえばいいのだ。

「何とかしろよ」

男性はそう言って階段を下りていき、近くに人はいなくなる。

「じゃあ階段の手前で待っていてくれ」

「はい」

レナを置いて俺は一度地上に出た。

出てしまいさえすればスマホは復活するので、すだれたちと連絡が取れる。

事情を話して頼み込んだ後、近くに立っている職員に聞いた。

「すみません、水と食料を忘れたんですが」

「携帯セット、一人当たり六百円で販売してます」

予想していた回答を言われたのでバンドを見せる。

「一人分ください」

「かしこまりました」

職員が1リットルのペットボトルに入った水、それと携帯食料を渡してくれた。

そして探索バンドで機器にタッチして料金を支払う。

少しもったいない気がするがここは仕方ない。

「ここでモンスターリングを買うことってできます?」

「モンスターリングは協会支部でないと置いてないですね」

申し訳なさそうに若い男性職員に答えられた。

まあダメ元で聞いただけだ。

ぺこっと頭を下げてレナを待たせているところに戻ると、不安そうにしていた彼女の顔がぱっと輝く。

こうして見ると人間の美少女にしか思えない。

それもわんこ系小動物的な。

「お待たせ」

「いえだいじょうぶです」

美少女がニコニコしてるところを見るのは目の保養になる。

容姿で言えばすだれたちも負けていないが、彼女たちを無遠慮に見るわけにはいかないもんな。

レナならいいのかと思って少しだけ自重する。

「知り合いにモンスターリングとやらを買って持ってきてくれるように頼んだから、それまでダンジョン内で時間をつぶそうぜ」

と言うと彼女はきょとんとした。

「え、にんげんさん、そんなにダンジョンにいてだいじょうぶです？」

何か奇妙な質問をされて俺もきょとんとする。

「別に四時間くらいいても平気だろ。ああ、もうすでに三時間くらいいるから合計七時間くらい？」

適当なことを言った。

いちいちバンドで時間を見ながら動いてたわけじゃない。

でもまあだいたいは合ってると思う。

「す、すごい、です、ごしゅじんさま」

何がすごいのかさっぱりわからないところで褒《ほ》められると、案外うれしくないものなんだとこの時初めて知る。

「みんな七時間くらいはもぐってるだろ？」

とたずねたがレナに答えられるはずがない。

すだれたちが来たら聞いてみるかな。

案外モンスターたちは長時間ダンジョンにいられない体質だったりしてな。

……いくら何でもそれはないか。

「俺は今から飯《めし》を食うけど、レナってメシはどうするんだ？」

肝心《かんじん》な点をたずねる。

「ダンジョンのなかにいるならなにもいりません。そとにでるならていきてきに、エナジーをいただければと」

レナはおずおずとこっちを窺《うかが》うように上目遣《うわめづか》いで言った。

「それはいいけど、エナジー補給ってどうやるんだ？」

「え、えっと……」

レナはやたらとまばたきをくり返す。

意表を突かれすぎてどうしたらいいのかわからないって感じだ。

「とりあえずリングが届いて外に出てからでいいかな」

「えと、はい」

レナはうなずく。

説明が難しいならその場になれば何とかなるだろ。

一人で飯を食うのは何か悪い気がするけど、食べなくても平気なら気にしても仕方ない。

てかダンジョン内なら飲み食いなしで平気ってモンスターは便利だなぁ。

可愛《かわい》い顔をしてるけどこういうところはモンスターって感じだ。

携帯食料は基本ビスケットみたいな見た目と味である。

栄養をしっかりとってればそんな簡単には死なないだろ、的な開発者の考えが伝わってくるようだ。

ビスケットっぽいだけに水がなかったらちょっとつらいかもしれない。

「ダンジョンないでごはんたべてへいきです？」

なんてレナに聞かれる。

「平気だけど何で？」

きょとんとするとレナは困った顔をして黙ってしまった。

ダンジョン内だと何か人体に影響が出る変なものでも出てるのかな。

「おいあいつダンジョンで飯食ってるぞ」

なんて言う声が聞こえてきたが無視しよう。

何か異常が出たら別だが。

【エナジー過剰《かじょう》現象をレジストしました。エナジー調整アーツを会得《えとく》しました】

と思ってたらアナウンスが流れた。

何が起こったのかわからんが、とりあえず強欲スキルくんが自動的にレジストしてくれたらしい。

「過剰現象のレジストに成功したみたいだぞ」

ぼそっと言うとレナは目を輝かせる。

「す、すごいです。にんげんさん、たえられなくてしんじゃうのに」

喜んでから首をこてとかしげた。

「ごしゅじんさま、ほんとうににんげんさんです?」

「失礼な。人間だぞ」

笑いながら答える。

「はぁ……すごすぎです」

何がすごいのかさっぱりわからない。

すだれたちなら知ってるんだろうか？

食べ終わったのでゴミをリュックの中に入れる。

仕方ないけどダンジョン内にゴミ箱ってないんだよなあ。

ゴミを食べてくれるモンスターでもいればいいのに、なかなかそう上手《うま》くはいかなさそうだ。

「このあと知り合いを待つ間、ダンジョン内を動くけど、平気か？」

「ええ、だいじょうぶですけど」

何で心配されたんだろうという顔でレナが首をかしげるので、さらに質問を重ねる。

「いや、同じレプラコーンと戦うかもしれないだろ」

「あいつらはべつになかまじゃないです」

急に暗い顔をして、それでもはっきりと言いきった。

何やら事情がありそうだなと感じる。

「仲間じゃないから遠慮は無用なのか」

じゃあ気にするのはやめておこうと思う。

モンスターの理屈や事情を聞いたところで理解できるとはかぎらないしなあ。

「質問を変えるか。魔法、どれくらい使える?」

「ファイアとアイス、にかいまでです」

少ないなぁ。

思わずため息をつきそうになったが我慢《がまん》する。

敵だった時は四回くらい普通に使ってきたじゃないかよ。

ゲームの時に入れていたツッコミを、こうして現実でも入れたくなるとは想定してなかったぜ。

「ご、ごめんなさい。いっかいやられるとレベルをうしなうので」

レナはたどたどしく弁明する。

「つまり負けて仲間になる場合、レベル1になった状態で復活するわけか」

それがモンスターを仲間にする代償《だいしょう》ってことか？

考えてみれば「あいつら仲間じゃない」という状態になるわけだから、それなりのことがあるわけけか。

「レベルを上げたら強くなれる？」

「は、はい。まほうごかいはうてるし、すとーむもおぼえます。がんばります」

レナはびくっと体を震わせ、ぎゅっと拳《こぶし》を握ってみせる。

おっと、強くならないと捨てるみたいな受け取られ方をしたかな？

魔法を使える回数が増えてストームを覚えてくれるなら、楽ができるようになるな。

「よし、じゃあレナのレベル上げを頑張るか」

「はい！」

レナは決意をみなぎらせて力強く返事をする。

第十三話「どう考えてもバケモノです」

「どこからツッコミを入れたらいいのか、さっぱりわからないんだけど」

時間が来てダンジョンの広間で合流した俺に向かい、すだれは開口一番《かいこういちばん》、あきれた顔で言った。

「モンスターリングを持ってきてくれって頼んだってことは、あなたモンスターをテイムする予定はなかったってことにならない？」

たぶん俺よりもずっと頭がいいので、ごまかすのは無理なんだろうなあ。

あずみはちょっと警戒《けいかい》するように、まゆりはジト目で俺とレナを交互に見ている。

レナはどうしたらいいのかわからないというように俺の後ろでオロオロしていた。

「俺が持ってるスキルが変わってて、モンスターテイム能力を覚えたんだよ。そしたら仲間にできたってわけだ」

簡単に言うとすだれは目を丸くし、残り二人は口に手を当てる。

相当驚いたらしい。

「複合効果があるスキル持ちだったの……相当レアじゃない。契約してよかったわ」

すだれはけっこう豊かな胸に手を当ててほっと息を吐く。

どうやら俺以外にも似たようなタイプのスキルを持ってる奴《やつ》はいるようだな。

「おそれいりました、お嬢様」

あずみがすだれに敬服したように頭を下げる。

「世界で三人目ですものね。わかってる範囲で、ですが」

まゆりがそんなことを言った。

俺を含めて世界三人？

「それって相当レアじゃないのか？」

「ええ。現在登録が確認されている探索者は世界で約八億人だもの。うち三人だけなんだから、ざっと二億六千万分の1ってところかしら？」

におくろくせんまんぶんのいち……。

「とりあえず頼まれていたモンスターリングを」

すだれが指示するとまゆりが背負っていた赤色のリュックから黒いベルトを取り出す。

見た目は特撮作品でよく見る変身ベルトにそっくりだな。

「まずはあなたが中央の赤いリングに触れてください」

とあずみが言うので従うと、赤いリングがほのかに光る。

「これでリングはあなたの所有物となりました。リング一つに八匹までテイムモンスターを管理可能です」

「へえ、そうなんだ」

あずみの説明にレナも興味を持ったようだ。

「それにしてもレプラコーンの亜種《あしゅ》とは……もしかしてレアモンスターと遭遇《そうぐう》しやすい効果も持ってるの？」

すだれが興味津々《しんしん》という顔で聞いてくる。

「いや、それは持ってないはずなんだけど」

ドロップ率アップとドロップ判定アップ、ラーニングとモンスターテイムくらいのはずだ。

「じゃあ本人が持ってる素《す》の運なんだ。大事な要素よね」

まあ強欲スキルなんてものが発現したあたり、おそらく俺は運がいいんだろうな。

今までまるでダメだった分の揺り返しでも起こってるんだろうか？

「まあこうしてお前たちと契約できたのも運がよかったたな」

「あらナンパ？」

すだれは面白《おもしろ》そうにニヤニヤ笑い、あずみとまゆりは顔をしかめる。

「そんなわけないだろ」

住む世界が違いすぎて口説《くど》く気にならない。
見た目だけなら圧倒的に好みなんだけどな、三人とも。

「いやそうな顔しないでくれない？　いくら私でも傷つくんだけど」

口をとがらせてすだれは抗議してくる。
男に興味ないって言われた程度で傷つくようなタマか？
なんて思ったが詫《わ》びておこう。

「そうか、悪かった」

別に謝るだけじゃ俺は何一つ損《そん》しないからな。
言葉はどれだけつむいでもタダだからすばらしい。

「はい」

すだれはネチネチ言ってこず、ちょっとホッとする。

「で、このあとどうするんだ？」

雇《やと》い主に問いかけた。

基本俺は護衛《ごえい》なので彼女に行動の決定権がある。

「うーん、第三階層まで行ってみようかなと思ってたんだけれど……」

すだれはそう言ってじろじろと俺をながめた。

「どうもあなた第四階層に行ってるっぽいわよね」

そう来たかと思い、俺は指摘《してき》する。

「単独で行けてもお前たちを守りながら行けるとはかぎらないぞ」

「同感です」

あずみが大きな声で言った。
すだれを挟《はさ》んで反対側に立っているまゆりが何度もうなずく。
苦労させられてるんだなと同情を込めて見ると、余計なお世話だと言わんばかりにすました顔で見返される。

「まあね……第一階層でピンチになったばかりだから、さすがに自重するわよ」

すだれはそう言って肩をすくめた。
本当に自重する気があるのかと言いたくなる態度だが、言ったところでのれんに腕押しってやつなんだろうなぁ。

「とりあえず今日は第一階層にしておこうぜ。レナを入れて四人で連携できるようになってから、先に進んでもいいだろ」

「「「レナ？」」」

という疑問の声が三つ聞こえたので、視線で答える。

ああ、この子のことかと彼女たちは白レプラコーンを見て納得していた。

見られた本人はおろおろして俺の服をちょっとつまむ。

「俺の仲間と言うか雇い主って言うか……いずれにせよ敵じゃないから大丈夫だ」

笑顔で話しかけると彼女はこくりとうなずく。

「何と言うか現実的なのね、ヘコオビさんは。無茶なことばかりしてるようにしか見えないのに」

不満と言うよりは意表を突かれたという顔ですだれが言う。

「無茶って何が?」

おそらくそうなんだろうとはさすがに漠然《ばくぜん》とは思っていた。

だが、具体的にどれのことだろうかと考えてもぴんとこない。

「何がって……まず装備が適当でしょ? 次に一人でもぐってるでしょ? モンスターリングを持ってくるように頼んだあたりから、行き当たりばったり具合が伝わってくるんだけど」

「お、おう」

すだれから放たれるツッコミの連続に思わずのけぞる。

要するにほとんど全部ってわけか。

「本当にこの人でいいんでしょうか?」

　まゆりが小声であずみに問いかける。

「ろくな装備をせず、知識も持たずに第四階層まで一人で行って無傷で帰ってきてるあたり、護衛戦力としては申し分ないわよ」

「それはそうですが」

　俺を評価してるあずみと違い、まゆりは懐疑《かいぎ》的のようだった。

「お嬢様の指示に従ってくれるなら大丈夫でしょう」

　あずみがそう言って押し切る。

　まあ依頼主に死なれたらやばいだろうから助けるし、指示にも従うさ。

「そう、まずはあなたの装備を何とかしないとね。まさか今日になっても槍《やり》しか持ってないとはね」

すだれはあきれてるのか感心してるのかわからん表情だった。

「槍はドロップしたのをもらったんだよ」

そう言って軽く天を突くまねをしてみせる。

「どうせそんなことだろうと思った」

すだれはそう言ってあずみを見た。

「あれを取り出して」

あずみはうなずいて、リュックの中から黒い上半身鎧《よろい》と手甲《てっこう》を取り出す。

「バルンガの鎧と手甲よ。装備してみて」

言われた通り装備してみる。

「おにあいです、ごしゅじんさま」

レナは拍手《はくしゅ》してくれたが、この子は何でも褒《ほ》めてくれそう……楽しそうだからいいか。

「これでかなり防御《ぼうぎょ》面は上がったはず」

そう言ったあずみたちもリュックから取り出した装備を身につける。

名前は知らないが赤い鎧、赤い手甲と脛当《すねあ》てをつけた。

あずみとまゆりに装備させてもらっているすだれに話しかける。

「一応反省したんだな」

前回ダンジョン内で会った時は、俺のことを言えないくらいに軽装だったからな。

「まあね、さすがに」

苦い顔をして唇《くちびる》を噛《か》みながらすだれは認める。

学習能力のあるお嬢様で何よりだ。

「一応聞くけど、その二人は護衛なのか？　アーツを使ってたみたいだが」

「護衛よ。あずみが前衛でまゆりが後衛。どっちも探索者レベル2なのよ」

すだれは得意そうに胸を張る。

「すごいのかな？」

どうなのかさっぱりわからない。

俺はもう探索者レベル4まで上がったので大したことない気がするが、そもそも強欲スキル補正のおかげなのだとしたら参考にはならないだろう。

「普通ですね。あなたみたいなバケモノじゃないのはたしかです」

あずみがちょっと悔《くや》しそうに言う。

心なしかまゆりのほうはにらんでいるように見える。

すごいのかなって俺が口に出してしまったせいだろうから、これくらいは受け止めよう。

「ご、ごしゅじんさまはバケモノじゃないです……」

か細い声でレナが抗議する。

可愛《かわい》いし俺をかばってくれたんだろうから、あずみたちが何か言うより先に彼女の髪を撫《な》でた。

「この場合はとても強いって意味なんだよ」

「ふえ、にんげんさんのことばむずかしいです」

レナは驚き、そしてくすぐったそうに目を細める。

「ずいぶんとなついてるわね」

「俺も驚きだよ」

すだれに言い返し、そして要求した。

「じゃあ雇い主さん、指示をくれ」

「私の護衛をお願い。他の二人と連携して第一階層の探索をしましょう」

「引き受けた」

もっともらしくかしこまったやりとり。
ごっこ遊びの延長かもしれないがけじめとしてはありだろう。

第十四話

「初めてのお仕事」

第一階層はオルトロスとボールバットしか出現しないので、油断したり不意打ちをされなければまず大丈夫だろう。

それでもまゆりとあずみは緊張している。

「レナはお姉さんたちの横に立っていてくれ」

こくりとうなずき、レナは黙って指示に従っていた。

外見は十二歳くらいの少女だが、そこはモンスターだけあって普通についてこれている。

オルトロスが出たところで、

「ファイア」

まゆりが先制攻撃一発で仕留《しと》めてしまう。

ちらりと見ると彼女は首を若干《じゃっかん》かたむける。


「何か?」

「いや何も」


回復担当かと思っていたら攻撃魔法を使えるのか。

とっさに返してしまったが、よく考えたらあまりいい答えじゃないな。

「敵の数が少ない場合はできれば引きつけて前衛《ぜんえい》で倒したい。アーツポイントの消耗《しょうもう》が大きくなるからな」

そんな戦い方をしていたら、そりゃ肝心《かんじん》なタイミングでアーツポイントが切れるだろうと思ったが言わない。

「なるほど、言われてみればその通りね！」

すだれは納得してうなずいた。

「まゆり、彼の意見に従って」

「……御意《ぎょい》」

まゆりはちょっと不満そうだったが拒否はしない。
すだれの意見にはやはり逆らえないのか。
そしてこのお嬢様は話が通じて判断力もまともな部類のようだ。
歩いているうちにボールバットが出現する。
あずみが左に立つ俺に聞いた。

「どうしますか？」

「今まではアーツで倒してたのか？」

「ええ」

俺の問いに彼女はうなずき返す。
なるほどな、前に会った時にピンチになってたのは後先《あとさき》考えずアーツをガンガン使っていくスタイルのせいか。

「俺が倒すよ。あんたは周囲を警戒《けいかい》しててくれ」

あずみは素直に従ってくれた。
ボールバットは槍《やり》が届くところを飛んでるのでアーツを使う必要がない。
さくっと一刺しで簡単に倒せる。
レアじゃないストーンを落としたので拾って戻ると、すだれが聞いてきた。

「あなたはアーツを温存して戦うタイプなのね？」

「ああ。回復アーツと魔法アーツは切り札になるからな。いざという時、これらを使うためにアーツポイントをとっておくと探索が安全になる」

回復はポーションという手もあるかもしれないが、魔法は物理攻撃が効《き》かない相手を撃退する唯一《ゆいいつ》の手段のはず。

つまりそういう敵が出た時のためにとっておかないと一気にやばくなるのだ。

「とても勉強になったわ」

すだれはもちろん、あずみとまゆりも神妙《しんみょう》な顔で聞いている。

もしかしてと思うが、この三人はＲＰＧゲームとかやったことないのかな。

お嬢様とその取り巻きじゃ見る機会さえなかったとしても不思議じゃないか。

「第一階層だし余裕もあるから、今のうちに二人のスペックを見ておいてもいいか？」

とすだれに話しかける。
自分の予想が合ってるかどうか確かめておきたくなったのだ。
合ってるならこの二人は戦力として計算できるぞ。

「いいわよ。せっかくだから一人で第四階層まで行ける探索者に指導してもらいなさいな」

あずみとまゆりの二人はうなずいたが、俺は手をあげて質問を放つ。

「ところで何で俺が第四階層まで行けるってわかるんだ？」

あきれたような顔をして、すだれは俺が右手に持ってる槍を指さす。

「それ白オークの槍でしょ、レアモンスターの。第四階層以降でないと入手できない武器なのよ？」

だからすぐにわかったのだと彼女はいう。

「そうだったのか……」

言われてみれば納得だった。

「あなた強くて判断力もあるのに、情報収集はおざなりなのね。それが必要と思わないくらい強いってことなんでしょうけど」

すだれは困った顔をする。

褒《ほ》めるべきなのか、たしなめるべきなのか迷っているようだ。

「今のところ何とかなってるからな」

俺は開き直って胸を張る。

相手は金を出すスポンサーであり、雇《やと》い主なのだから強気な姿勢を見せる必要もあるだろう。

「戦力としては頼もしいかぎりだけど、護衛《ごえい》としては少し不安ね」

すだれは率直《そっちょく》に言ってのけた。

彼女にはそう評価して言葉に出す資格があるので不満はない。

「じゃあ情報はそっちが担当ってのはどうだ?」

「いいわね」

すだれはうなずいた。

俺にいちいち情報収集の仕方を覚えさせるよりも手っ取り早いと判断したのか。

「と言ってもあなたが知らない情報、私は何を知ってるかしら?」

「当面役に立つのがあるか怪《あや》しいな」

俺が率直に言うと、すだれは苦笑ぎみに肯定する。

「でしょうね」

一瞬会話が止まったところで一つの考えがひらめいた。

「俺が単独で動ける時間に取ってこれそうなものの情報を教えてくれ。売りものを見つけ出したいんだろう？」

すだれが以前に言っていたことである。

「ああ、それね……新宿《しんじゆく》ダンジョンだと最低でも第五階層に行かなきゃダメみたいなのよ」

彼女は少し顔をしかめて言った。

「第五階層?　何があるんだ?」

「レーラズの木の葉っぱと第五階層に出てくるモンスター、ロックシープがドロップする蹄《ひづめ》を煎《せん》じるとローションができるの」

すだれが説明し、次にあずみが補足する。

「アンチエイジング効果がたしかに期待できるとして、富裕層の女性を中心に人気があるのです。ビン一本で五千万円から取引されています」

「五千万か」

さすが金持ち、ぽんと出す額が違うなとあきれそうになった。

もっとも俺の取り分が七割という契約が適用されたら、三千五百万円の収入になるから文句はない。

「しっかし、いくらアンチエイジング効果があるって言っても、そんな売り値《ね》になるってことは供給量は多くないんじゃないか？」

どれだけ需要《じゅよう》があろうとも量産体制ができあがっていれば、値下げされているはずだ。

「ええ、そうよ」

すだれはにやりと笑う。

「だから今がチャンスなの。ニーズに対して供給が足りてないものを売るから儲《もう》かるのよ」

理屈はわかるし、俺も儲けさせてもらえるなら何の異論もない。

「俺の取り分しっかりくれるなら文句は言わないよ」

一応、釘《くぎ》を刺しておく。

「ええ。もちろん。私たちだけじゃ現状無理だし、取りに行ってくれるなら販売手数料は二割に下げさせてもらうわ」

すだれのほうから譲《じよう》歩《ほ》を申し出てくる。

「いいのか。三割は確保しないとわりに合わないんじゃないのか？」

販売や小売なんかは三割くらいはもらわないと利益が出ないと、誰かが言ってた気がした。

「あなたの負担が増えるし、もう一つ理由があるわ。私たちも商品を用意できると宣伝できればそれでまかなえると計算したからよ」

すだれの説明にうなずく。

人気の商品を調達できる人間がもう一人現れたって形なら、宣伝効果が見込めるわけか。

「そっちがいいなら俺はかまわないさ」

俺は取り分が増えるだけだからな。

「じゃあ明日からお願いできる？」

「ああ、わかった。依頼として正式に引き受ければいいんだな」

書類はなかったけど正式に契約が成立したとみていいだろう。

ごく自然にすだれと握手をかわす。

「じゃあ探索に戻ろうか」

「ええ、そうね」

話がまとまったところで今日の目的に戻る。

「レアモンスターはストーンのドロップが確実と言われたけど、テイム条件満たした場合は落とさないみたいだな」

そして世間話《せけん》としてレナのことを持ち出す。

白オークはストーンを落としたが、白レプラコーンだったレナは落とさなかった。

両者の違いは仲間にできたかどうかくらいしかない。

「ええ、らしいわね」

すだれは驚きもせず肯定したので俺が知らなかっただけか。

「本当にテイムのこと何も知らなかったのですね」

まゆりが複雑そうな声で言う。

馬鹿《ばか》にしたいのに結果を出してるのでどうしようもないってところか。

大事なのは結果を出すことだもんな。

「テイムできるモンスターの数は探索者レベルごとに上限が決まってるのよ」

とすだれに言われる。

だろうなと思う。

知っていたわけじゃないがこれまでの流れ的に推測《すいそく》はつく。

知らなかったのは事実なのでうなずいたりはしないが。

「え、えと？」

さっきから話についてこれてないっぽいレナがおどおどして、俺が着ている鎧《よろい》の一部に触れる。

「大丈夫だ、俺がついてる」

「は、はいです」

こくんとうなずいたレナは健気《けなげ》で、保護欲をそそられた。
テイムモンスターって感じじゃなくて調子がくるってしまうな。

「テイムモンスターって言うよりはマスコットね」

すだれも同じことを考えていたらしい。
このような調子で第一階層の探索を続ける。
あいにくレアモンスターは出なかったが、日当は振り込まれたので満足だった。

「ところであなた、まさかとは思うけれど朝からダンジョンにもぐってて、一度も出てないなんてことはないわよね？」

「えっ、何かまずいのか？」

すだれからの問いに思わず反応する。

少し前にレナも驚いてたようだから余計にだ。

「……いえ、体調に違和感がないなら問題ないのよ。体調を崩《くず》す人もいるって聞いてたから」

「そうなのか。俺は何ともないけどなぁ」

だいたい数時間程度で体調を崩してたら、第一階層からダンジョンの最終階層まで踏破することは不可能じゃないか。

「安心したわ。一応、転移石《てんいせき》を渡しておくから、やばいと思ったら使ってね」

すだれは安心したと言いつつ心配顔のままで茶色の細長い石を渡してくれる。

ダンジョンの外に一瞬で戻れるってうわさの、ファンタジーっぽいアイテムだ。

「たしかに一個あると便利だよな。ありがとう」

礼を言ってもらっておく。

第十五話 「ひと休みしよう」

すだれたちが帰ったあと、どうするか迷う。

やることとなんて特にないからダンジョンにもぐってるんだよな、俺。

趣味がないので金を稼《かせ》いでいますって在《あ》り方に我ながら似てると気づき、一人苦笑する。

そんな俺を不思議そうにレナが見上げていたので優しく髪を撫《な》でた。

うれしそうに目を細めるところが可愛《かわい》い。


「一度帰って晩飯を食うとするか」


戻ろうと思えば戻れるのにダンジョン内で味気ない飯を食うこともないだろう。

俺は少なくとも今はまだそこまで突き抜けるつもりはない。

「あ、じゃあリングのなかにはいります」

レナはそう言って自分から俺の腰のリングに触れると、光って吸い込まれるように消える。

「おー」

思わず声が出てしまう。

モンスターを召喚《しょうかん》して使役《しえき》するゲームで見た演出そのものだった。

何と言うかゲームが現実化したみたいな感覚がある。

久しぶりに外に出て、うーんと背伸びをして、協会支部に戻る。

すだれと合流してから手に入れたドロップアイテムはあずみにあずけてしまったが、それまでの分は自分で持っていかなきゃいけないのだ。

面倒《めんどう》だからすだれたちに処理してほしいんだが、そう言うと断られた。

今はまだ信頼関係を築きはじめてる段階だもんなあ。

受付に行くと若水《わかみず》さんがいたので彼女に物品を差し出す。

「………百万円超えましたね」

もう驚かないという顔をしながら報告してくれる。

今日はけっこうもぐってたし、いろいろとドロップしたから儲《もう》かったなぁ。

そして彼女は俺が持っている槍《やり》を見る。

「ドロップした装備ですか？」

「ええ、そうです」

さすがにどのモンスターがドロップしたのかまではわからなかったらしい。

……てことは待てよ？

すだれたち三人のうち誰かがその辺を見抜くアーツでも持ってるんじゃないだろうか？

「さすがにダンジョンと協会以外での持ち運びは禁止されてますか？」

銃刀法違反とかいうやつか？

「探索者登録された方は個別に登録することで、所持《しょじ》が許可されます。その分、無許可で持っていると罰則《ばっそく》も重いですが」

若水さんの説明にうなずいておいた。

すると彼女は俺の腰のリングに視線を移す。

「モンスターリングをつけていらっしゃいますが、モンスターをテイムなさったのでしょうか？」

「はい。……ひょっとして登録が必要ですか？」

若水さんの表情から彼女の言いたいことを予想する。

「ええ。モンスターは一応、銃火器や刀剣と同じ扱いになります」

レナなんて人見知りだけど温厚で分別《ふんべつ》もありそうなんだけどな。

まあ一般人からすれば文字通りの『モンスター』に違いないんだろうから、何も言わないでおこう。

「一応テイムモンスターを守る場合は防衛権はありますがお気をつけください」

襲《おそ》われたら反撃してもいいってことかな。

モンスターを狙《ねら》ってわざわざ襲うとなると探索者くらいだろうが。

「わかりました」

と答えてから彼女に聞いてみる。

「モンスターへのエナジー補給ってどうやるんですか?」

「モンスターが入っているリングに触れていれば供給できます。一回三分くらいを目安にするといいようです」

「ありがとうございます」

親切に教えてくれた若水さんに礼を言う。

「ではベルトを外してモンスターリングをカウンターの上に載《の》せてくれますか？」

言われた通りにすると若水さんは水色のバーコードリーダーみたいな機器でリングに触れる。

「レプラコーンですね。登録しておきます」

なるほど、どんなモンスターなのか調べる機械だったのか。

自己申告をさせないあたり厳格だなぁ。

昔、嘘《うそ》をついた人でもいるんだろうか？

昔と言ってもダンジョンが出現して十年経《た》ってないが……そんなことを考えながら協会を後にする。

マンションの無料メニューで肉をたっぷり食ったあと、自室に戻ってようやくレナを出してやれた。

「ここがにんげんさんのおうち？」

彼女は目を好奇心の光でいっぱいにして、きょろきょろと物珍《ものめずら》しそうに部屋を見渡す。

「エナジーは平気か？」

「いっぱいだんじょんのなかにいたから、しばらくはへいきだよ」

とレナは返事をする。

食いだめならぬエナジーだめでもできるんだろうか。

さすがモンスター、人間と違って便利だな。

相手は人間の科学じゃ説明できない存在なので深く考えないことにする。

「危なくなったら早めに言うんだぞ」

「はい」

レナはうれしそうに微笑《ほほえ》む。

俺との会話が楽しくて仕方ないらしい。

モンスターって言うか近所の人なつっこい子どもみたいな感じだな。

「ダンジョンの中にいた時のことを覚えてるか？」

気になっていたことを聞いてみる。

もしも覚えてるならどこに何があるのか調べなくてもよくなるので、かなり楽できるんだが。

「よくわかんない。ごしゅじんさまとあうまで、あたまがぼーっとしてたの」

……自我がなかったのか、それとも誰かに意識を操《あやつ》られてたりしてたのか？

まあこんな人なつっこい女の子が視界に入っただけでいきなり攻撃してくるとは思えない。

テイム条件を満たすことで自我が目覚めるか、あるいは取り戻すと考えたほうが自然だな。

「じゃあダンジョンにいるモンスターたちと戦うのは平気かな？」

「へいきだよ。ごしゅじんさまのためにがんばる」

きゅっと唇《くちびる》を閉じて健気《けなげ》なことを言う。

「さっきではばんなかったけど」

「あれは仕方ない。あのお姉さんたちの実力を見るのが先だったからね」

でなければおちおち護衛《ごえい》することもできない。

あずみとまゆりの二人はともかく、すだれにはケガをされるのも避けたいのだ。

「明日は第五階層に行って時間が余ったら二人で戦ってみようか」

レナを戦力として連れ回すなら当然強くなるよう鍛《きた》えなければならない。

「はい」

うれしそうにうなずく彼女に問いかける。

「レベルってわかる？」

「……なんとなくは」

ちょっと考えて彼女はおずおずと答えた。

「少しずつでいい。一緒に強くなろうな」

レナはこくりとうなずく。
たぶんだけど一緒に戦っていればレベルも上がっていくだろう。
俺の探索者レベル上げのリソースを割《さ》かれるのかどうかが一つの焦点《しょうてん》だな。
一応スマホで調べておこう。

「俺は調べものとかするけど、レナはどうする？」

俺がかまえなくなると退屈してしまうだろうと思って聞いたのだ。

「じゃましないので、みてていい？」

レナは物珍しそうにスマホを見ている。

どうやら彼女の好奇心を刺激したらしい。

「いいよ。見てるだけで面白《おもしろ》いかわかわからんけど」

モンスターにしてみれば何が何だかわからない物体という結論で終わる可能性が高いと思うんだよな。

こうして話してみるかぎり、小学生並みの知性はありそうだが。

「探索者　モンスターテイム」でまずは調べてみる。

大量に引っかかったので俺の先輩にあたる人たちはけっこういそうだな。

先人たちが集めたデータをせいぜい利用させてもらおう。

テイムできるモンスターの数は今のところわかってるだけで二十種くらいか。

やはりと言うか、オルトロスみたいな動物系とレプラコーンみたいな人型ばかりらしい。

知能と従順さを備えてないとテイムするのには抵抗があるもんな。

一緒に戦ってもレベルアップが早まるかどうかはわからないが、そもそもモンスターのレベルアップは遅いようだ。

必要な経験値《ち》が人間よりもずっと大きいということか？

まあガンガン上がるようじゃ人間よりも強くなってしまうか……。

『新発見、ストーンを食わせると強くなるよ！　経験値はそのままで能力値が強化される模様』

という一文が目に入る。

ほんとかなと思ったものの、モンスターをテイムできるんだったら、テイムしたモンスターを強化する手段があってもおかしくない。

強欲スキルのおかげでストーン自体は入手しやすいし、明日試してみようか。

レアストーンだったらさすがにためらうがストーンならそんなに惜《お》しくはないもんな。

「レナ、ストーンって何のことかわかるか？」

聞いてみると彼女はきょとんとして首をかしげる。

何も知らないようだ。

「明日いろいろと試したいことがあるんだが、つき合ってくれるか？」

彼女は迷わずこくりとうなずく。

何をするつもりなのか気にするそぶりさえ見せない。

どれだけ俺のことを信頼しているんだと笑いたくなる。

「今日は早めに寝るか。あ、風呂に入らないと」

「おふろ？」

レナは不思議そうに聞き返す。

「見てみるか？」

立ち上がって浴室まで案内してやる。

「わあ！」

何が琴線《きんせん》に触れたのか目を輝かせていた。

さすがに一緒に入るわけにはいかないよな。

モンスターと言っても見た目が見た目だからな……。

第十六話「素材とりとレナの育成」

翌朝、レナにエナジーを補給してから朝食をすませて、彼女に言った。

「ストーンを集めながら第五階層に行ってみようか」

「はい」

レナはちょこんと座ってこくりとうなずく。
玄関の壁に立てかけておいた白豚《しろぶた》戦士の槍《やり》を手に取る。
探索に行くなら持っていったほうがいいよな。
こいつを持ってるとそれなりに戦い方の幅が広がるわけだし。

「じゃあひと探索してみようぜ」

「すごくかるい。たのもしいです、ごしゅじんさま」

何がよかったのやら、レナはうれしそうに目を細める。

いざやばくなったらレナのことも見捨てて逃げようと思ってるなんて、こいつは思ってなさそうだな。

今日の新宿《しんじゅく》ダンジョンの顔ぶれは昨日とは違ってる。

みんな会社休んだり時間を作ってもぐるのは大変なんだろうな。

思い切って俺みたいに全部投げ出したやつのほうが自由に使える時間は多いってわけだ。

第一階層に降り立ったところでリングに触れれば、飛び出した粒子《りゅうし》が人型となってレナは出現する。

「ん、なつかしいかんじ」

とレナは目を細めた。

彼女なりにやる気を燃やしているらしい。

「たしかアーツは二回まで使えるんだったな」

「アーツ？」

彼女はきょとんとする。

「ファイアとかアイスとか」

名前を口にすると彼女はぽんと手を叩《たた》く。

「ああ、ギーグ？　それならファイアとアイスをあわせてにかいまで」

レナはアーツのことをギーグと呼んでいるらしい。
モンスターたち、あるいはレプラコーンでの呼び方か？

「二回しか使えないのなら、まあ第四階層までは温存しておこうか」

「はい」


使わなくても勝てるはずだという俺の意思が伝わったのか、レナはこくりとうなずく。

昨日一緒に第一階層見て回ってうっすらと感じとったのだろう。

今日も第一階層はまず最初にオルトロスが出たが、石ではなく槍を突いて倒す。

狙《ねら》い通りにストーンを一つ落とした。

次にボールバットが二匹出たので、またしても槍を使う。

作業感が強いけどストーンを一つ落としたのでよしとする。

……思ってた通り、昨日イマイチだったドロップ率が戻ってるな。

他のメンバーが戦って倒したとしても、強欲スキルのドロップ率とドロップ判定には何の影響もないと考えていいだろう。

……すだれたちと一緒に探索する時は、俺も戦うのが合理的か。

「とりあえずレナ、二つのストーンを食べてくれ」

「はい」

レナは小さなストーンをパクパク食べてしまう。

「何か変わったか？」

「……ちからがすこしわいてくるきがします」

二個くらいじゃ強くなれないか。

仕方ないとはいえ、コスパ的にはどうなんだろうな？

それとももう少し強いモンスターのストーンのほうがいいんだろうか。

オルトロスもボールバットもしょせん第一階層のあっさり倒せるモンスターにすぎないもんな。

「第一階層じゃダメか。第三階層あたりまで移動しよう」

「え、はい」

レナはちょっととまどいながら従ってくれる。

道中、オルトロスを三匹、ボールバットを二匹倒したが、倒さなくても通れそうな位置に出た奴《やつ》は無視した。

第三階層に出てくるモンスターはって言うと、レプラコーンか。

レナは同族意識を持ってないようだが、絵面《えづら》的にはあんまり好ましくない気もする。

「やっぱり第四階層に行こうか」

ゴブリンとオークならどれだけ乱獲《らんかく》しても良心がとがめずにすむ。

ビジュアルってけっこう大事なんだなと思いながら歩いていると、レプラコーンが二匹出る。

「倒すか？」

「はい」

レナはためらいなく答えた。

そもそも白レプラコーンと通常レプラコーンは別物だったりするのかな……エルフとダークエルフみたいに。

「ファイア」

レナは魔法が飛んでくるのを避《よ》けるが、慣れている動作だった。

体のほうが覚えているんだろうか。

俺との戦いで使ってたレジストの魔法は忘れたんだな。

あれがあると魔法を使ってくるタイプとの戦いが楽になりそうだから、早めに思い出してもらえたらいいな。

距離を詰めるのが面倒《めんどう》だったので、リュックサックに入れっぱなしにしてた石を取り出し、投げつけて倒す。

「すごい」

一撃で倒したのを見てレナが目を丸くしている。

おっとレプラコーンのストーンも落ちたか、今のところ順調だな。

「レナ」

「はい」

レナは俺が拾って差し出したストーンをぱくっと飲み込む。

「ちょっとちからがわいてきました」

レプラコーン同士のほうが恩恵はあるのか、それとも単純に落とすモンスターの強さの違いだろうか。

「ゴブリンとオークをいっぱい狩《か》っていっぱい食べよう」

「そんなにかれるですか？」

レナはちょっと不安そうな顔になる。

「まあ何とかなるだろ」

白オークみたいなレアモンスターとゴブリンやオークの大群が同時に来たらピンチだから逃げようかな。

まあそんなことはそうそう起こったりしないもんだ。

レプラコーンをさらに二匹ほど倒したものの何も落とさなかったが、がっかりせずに第四階層に到着する。

「さあ狩りの時間だ」

俺が軽く槍を持った右手を回すとレナがくすっと笑う。

「わたしもがんばります」

彼女も戦いたくなったらしいので、もう一度指示する。

「無理しなくていい。力は基本使わずにとっておく作戦は継続だ」

「……はい。おやくにたちたいのですけど」

彼女はしょんぼりしてしまった。

「あせるな。少しずつしか強くなれないみたいなんだから、お前は何も悪くない」

彼女の肩をぽんと叩いて優しく言う。

俺の役に立ちたいと思ってくれるのはうれしいが、正直テイムして間もないのにやけに忠誠心というか、俺に対する好感度が高いな？

これもまた強欲の恩恵だったりするんだろうか。

検証していくの、だんだんと面倒になってきたなぁ。

第四階層を少し歩いただけでゴブリンが四匹現れる。

いずれもショートソードの装備なので、接近戦でいいか。

「レナは俺の背後にいろよ」

「はい」

レプラコーンはどう考えても後衛《こうえい》特化タイプだ。

ゴブリンに接近されたら脆《もろ》いだろう。

それを阻止《そし》するために俺がいるわけだが。

「薙《な》ぎ払い」

奇妙なうなり声をあげながら突っ込んできたゴブリンたちを、槍で薙ぎ払う。

今まで温存していた甲斐《かい》があったな。

ここで使うのはもったいない気もするが、どれくらい時間が経過したらアーツポイントが回復するのか、ちょっと試してみよう。

ゴブリンたちは何もドロップを落とさなかったので前進する。

次に現れたのはオークが二匹か。

手に持ってる槍が、白オークのものと比べて短い気がする。

俺を見てニタリと笑って近づいてきたので、槍をかまえて待っていた。

先手必勝とばかりに槍を突き出す。

オーク一匹はそれであっさり倒せたが、もう一匹はその隙《すき》に距離を詰めてくる。


「ファイア」


接近戦に持ち込まれる前に魔法を撃ち、怯《ひる》ませたところで槍でとどめを刺す。

魔法一発より槍の一撃のほうがダメージを与えられるようだ。

やっぱりレア武器だったんだろうな、この槍。

レナを連れている状態でもタイマンなら勝てるだろうから、もう一戦してもう一回レアドロップを頼みたい。

なんて思いながらオークのストーンを一個拾い、レナに食べさせる。

「い、いいのですか」

敵が強くなってきてるせいか、相変わらず何もしてないせいか、レナは遠慮しはじめた。

「強くなったら俺の役に立てるだろう？」

と言うと納得したのかこくりとうなずき、オークストーンを飲み込む。

「あ、ちからがぐっとわいてきます」

レナはうれしそうににこりと笑う。

おっ、やっぱり強い敵のストーンを食わせるのが一番なんだな。

【テイムしているレナのレベルが上がりました】

と思っていたらアナウンスが流れる。

「レナ、レベルアップしたんだな」

「はい。レジストをおもいだしました」

レナはうなずいて報告してくる。

「レジストって敵の魔法を相殺《そうさい》できるやつか？」

「はい。ひとつのまほう、はんいじゃないまほうだけですけど」

確認すると彼女は申し訳なさそうに説明した。

「十分だ」

今のところ範囲魔法攻撃を使ってくる敵は出てきていない。

第五階層以降になったらわからないが、警戒《けいかい》したってキリがないからなぁ。

「それとギーグはろっかいつかえるとおもいます」

さらにレナの申告が続く。

「うん？　レジストを使ってもか？」

アーツポイント、彼女的に言い直すならギーグポイントか。

それによって使用可能な回数は変わるんじゃないだろうか。

「えっと、わたしのばあいぜんぶでろっかいで、ギーグはかんけいありません」

どんなアーツだろうと六回使えるって言いたいらしい。

ポイントじゃなくて回数で決まるのがモンスターの特徴と考えるべきだろう。

「そうか、ありがとう」

微妙に人間とは違っているんだな。

最初にテイムしたのがレナでよかったかもしれない。

しゃべれないタイプだったら絶対にわからなかっただろう。

第十七話 「レーラズの木」

さて、このまま第四階層にとどまってゴブリンとオークを倒すのもいいが、先にすだれからの依頼を片づけておこうか。

「ところで第五階層にあるっていうレーラズの木について何か知ってたりしないか？」

俺の問いに、レナは申し訳なさそうな顔で首を横に振った。

「ごめんなさい。なかのことはよくわからないの」

「そっか。気にすんな。お前のせいじゃない」

励《はげ》ますために彼女の頭を優しく撫《な》でる。
目を細めてうれしそうに受け入れるのはやはり犬っぽいな。
子犬を飼ってたらこんな気分になるんだろうか？

「第五階層のモンスター次第《しだい》だな」

ダメだったら転移石《てんいせき》を使って逃げるとしよう。
それだったらへばったタイミングで白オークが出てきても逃げることができる。
そう思いながらレナを連れて突入する。
第五階層は何と言うか青い感じの床と壁と天井だった。
光源がしっかりしているのは相変わらずで、その分、金属質な壁や床がよくわかる。

「少しだけ雰囲気《ふんいき》が変わったか？」

今まではだいたい四本か五本の道に分岐《ぶんき》していたのに、ここは右か左かの二択だ。
とりあえず左に行ってみるか。

ここで悩んでたって仕方ないもんなぁ。

二人並んで歩くのがやっとの細い道をしばらく進むと、六、七人は横並びできそうないつもの広さに戻る。

そのタイミングで出てきたのは三匹のピンクのオークだった。


「ガアア！」

即交戦となったのはやむを得ない。

「薙《な》ぎ払い！」


槍《やり》で薙ぎ払って三匹まとめて吹き飛ばす。

ワンパンで倒せないあたり敵のレベルが上がったようだな。

ダッシュで距離を詰め、立ち上がるのが早い順番に頭を槍で貫《つらぬ》いていく。

二撃で倒せたのはよかったが、数が増えると厄介《やっかい》なことになるかもしれない。

オークのストーンは二つ落ちたので二つともレナに渡す。

「さっきのと比べてどうだ？」

「こっちのほうがあじがこい」


レナの感想を聞いて、やっぱり強いモンスターが落としたストーンほど強化しやすいんだろうなと判断する。

余裕があるうちにレアモンスターを探すのもいいかもな。

でも、今日のところはレーラズの木とロックシープが先だ。

欲張りすぎると後が怖いからな。

オークが一匹出てきたので倒したが何も落とさない。

武器ってもしかしてレアなオークしか落とさないのかな。

そんなことを思いつつ歩いていると、黒い体毛の羊《ひつじ》のようなモンスターが一匹出現する。

見た目から判断するにこいつがロックシープなんじゃないだろうか。

毛皮がもし取れると仮定した場合、ファイアを使うのはまずいかもしれないな。

「アイス」

というわけで氷の魔法を浴びせてみる。

一発で倒せず、興奮《こうふん》したのか角《つの》を鋭くとがらせて、こっちめがけて突進してきた。

モンスターの羊の角ってこんな風に変化するのか。

動きは白オークのほうが速いため、感心する余裕があった。

何より接近戦のほうがありがたい。

槍をカウンターブローの要領で突き刺すと苦悶《くもん》の声をあげて羊は倒れた。

……この武器やっぱりかなり強いよな？

それともカウンターを浴びせたのでダメージが上乗せされたりしたんだろうか。

ちょっと気になるな、帰ったら調べてみよう。

羊がドロップしたのは黒い体毛だった。

【ロックシープの毛を入手しました】

やはりこいつがロックシープだったか。

蹄《ひづめ》じゃないから外れだけど売れるかもしれないので取っておこう。

「ロックシープの蹄を狙《ねら》いつつ、レーラズの木らしい植物を探そう。木ってわかるか?」

急に不安になったのでたずねてみる。

「はい。にゅっとのびてては っぱがはえてるやつですよね?」

レナは知っていた。

口調がたどたどしいのでどれくらいの知識を持っているのか、わかりにくいところがある。

「うん。二人で手分けして探せば早く見つかるだろうしな」

「がんばります」

自分にもできることがあると思ったのか、レナは鼻息を荒くして張り切り出した。

次に現れたロックシープも同じ要領で倒すがドロップはしない。

続いて現れたのがオーク二匹だった。

彼らはやはり槍を手に突っ込んでくるので、レナにひと仕事頼む。

「レナ、ファイアを一回使ってくれ」

「ファイア」

「ファイア」

レナが撃った火の魔法が左のオークの顔に命中したので、俺は右のオークの顔を狙って魔法を撃つ。

二匹が怯《ひる》んだ隙《すき》に突っ込んで以下は流れ作業的に仕留《しと》める。

オークのストーンがドロップしたのでレナに食べてもらう。

今日はもうレナに貢《みつ》ぎまくる日でかまわない。

レナが強くなったほうが絶対お得だからだ。

レナもだんだん申し訳ないという顔をしなくなってきている。

その代わりがんばって強くなるという意思をはっきり示すようになってきた。

彼女なりに責任を感じているんだろう。

ロックシープの蹄は狩《か》っていればいずれ出るとして、レーラズの木はどこに生《は》えてるんだろうな？

今のところダンジョン内に草や木が生えてそうな場所はない。

どっかに公園のような広場か何かがあるんだろうか。

「ごしゅじんさま」

考えてると不意にレナに話しかけられる。

「どうした？」

「あっちからはっぱのにおいがする」

レナが指さしたのは右手側の通路だった。

まっすぐ進む予定だったが、どうせ行くあてもないんだから彼女の言葉に従ってもかまわないだろう。

「よし、行ってみるか」

「いいの？」

レナは自分で言っておいて目を丸くしている。

こんなにあっさり採用されるとは思っていなかったのか。

「ああ」

笑顔で答えて先に歩く。

レナはちょっと固まっていたがすぐに小走りで追いかけてくる。

次に前方から白い羊が出てきた。

何と言うか、普通のロックシープよりも普通の羊っぽい見た目をしている。

角が鬼のものみたいに鋭くとがっている点は違うが。


「白ってことはレアモンスターかな？」


レプラコーンもオークも白色のものはレアだったので、今回も少しは期待ができる。

こちらを見ると目を赤く光らせて猛烈な勢いで突っ込んできた。

羊と言うよりは赤色に興奮した闘牛と言ったほうがふさわしい気がする。

カウンターブローの要領で槍を突き出すいつもの戦法の出番だが、今回は一撃では倒れない。

苦悶の声をあげて足踏みをし、レナのほうに向きを変えてもう一度突進する。

これはやばい。


「レナ、アイスだ」

「アイス」

俺が叫ぶのと同時だったから、レナは自分の判断で使ったのだろう。

氷の魔法を当てられた羊は怯んで後ずさりする。

簡単に倒せそうな獲物《えもの》だと思ってたら魔法を使ってきたのであてが外れたか。

いずれにしろ隙だらけなので一気にけりをつけよう。


「ラッシュランス！」


高速で突きを連続して繰り出すアーツを発動し、羊を一気に仕留める。

この槍とラッシュランスの組み合わせは今のところ鉄板だな。

通用しなくなってくる前にレベルを上げたいところだ。

白い羊は毛皮とストーンと蹄の三つを落とす。

実に気前のいいモンスターだったなと思いながら拾う。

【ホワイトシープの毛皮、ホワイトシープの蹄、ホワイトシープのストーンを入手しました】

やっぱりレアモンスターだったか。

それにしても欲しいのはレアモンスターのほうじゃなくて、ロックシープの蹄なんだよなぁ。
戻ったらすだれに渡して何かに使えないか相談してみよう。
いらないなら売ればいい。

「ごしゅじんさまつよい」

「急にどうした?」

ホワイトシープは白オークと違い、褒《ほ》められるほど強い相手じゃなかったぞ。
レナの言動に疑問を持ったが、彼女は俺をじっと見上げて言う。

「しろいのはあしゅ。ふつうよりずっとつよい。そんなきおくがある」

なるほど、だから亜種《あしゅ》個体を苦もなく倒せる俺に驚いたわけか。
そしてレナ自身もおそらく亜種個体で、そのぶん知性が高いって可能性がありそうだ。

「そうか。まあこれくらいなら俺一人でも勝てるぞ」

「すごい……ふつうはいっぱいいる」

そんなものかね。
否定する根拠がないんだし反論するのもやめておこう。
レナが言ってた方向に進んでいくとやがて楕円形状《だえんけい》の広場に出て、そこには青い葉、赤い果実がついている黒い樹木が壁際に生えていた。

「レーラズの木かな？」

俺のつぶやきにレナは答えない。
知識がないことについては気軽に言わないつもりのようだ。
あれがレーラズの木なら葉を取るついでに果実や枝ももらっておこうか。

「レナ、モンスターが近づいてこないか見張りを頼む」

俺の指示に彼女はこくりとうなずく。

葉と果実がついた枝は俺の頭よりかなり高い位置にあるが、槍を使えば枝ごともぎとれた。

【レーラズの枝、レーラズの葉、レーラズの果実を入手しました】

アナウンスのおかげで目的を達成したと知る。

ロックシープの蹄はどうするかだが。

「よし、ひとまず第一階層まで戻ろう」

ストーン集めをするかどうか、ロックシープを再度狩りに行くかどうかは、いったん戻ってからだ。

あとがき

初めまして、あるいはお久しぶりです。

ダッシュエックス文庫様で『無駄飯食らい認定されたので愛想をつかし、帝国に移って出世する』に続いて新刊を出していただくことになりました。

まだお読みでない方はこれを機会に手にとっていただければ幸いです。

あとがきを書いてる段階では少しずつ日常へ戻ろうとしているところなのですが、みなさまはいかがお過ごしでしょうか。

私は引きこもり気質なので、楽しくステイホームしておりました。

ですが、体のメンテナンスが充分できないという落とし穴がありました。

自粛《じしゅく》期間中は別にして、一日一時間程度のウォーキング、ストレッチ、お風呂に十五分から二十分ほどつかる、週に一回程度のマッサージでは足りないようです。

子どもの頃は作家さん、もっと健康に気をつけてほしいと無邪気に思っていましたが、実際作家の立場になってみますと、気をつけてるけどまだ足りないんだなと思うようになりました。

現状では、何もやらないのが一番の健康法な気がしていますが、さすがにそういうわけにもいきませんし、何とか折り合いをつけてつき合っていきたいものです。

話すことが早くもなくなってしまったので、社畜ダンジョンについて話そうと思います。

まず、略称が決まっていません。

私の他の著作もご存知の方は何となくお気づきでしょうが、私ってタイトルつける段階で略称なんて考えないんですよね。

社畜ダンジョンも校正のタイミングでそう言えば略称何も考えてなかったなと気づきました。

みなさん、どうやってセンスのいい略称を決めているんでしょうか。

もしや作家としての感性の差なのでは？

なんて悩みながら、『社ダン』にしようかと思いました。

自虐《じぎゃく》ネタはこの辺にしておいて、社畜ダンジョンはタイトルから何となく想像できるように職場に嫌気がさしていた会社員がダンジョン探索を始めて一山当てる話です。

ゴールドラッシュや油田で一山当てるのはロマンがありますよね。

ダンジョンができてロマンが生まれたらいいなと思います。

ロマンを引き当てたらみんな会社辞めるよねえという考えからこの作品は生まれました。

私はビビりなので安全が確認できるまでたぶんダンジョンには近づきませんが。
主人公がどうなっていくのか、見守っていただければ幸いです。
可愛《かわい》い女の子も出したいですね。
最後になりましたが謝辞《しゃじ》を。
ダッシュエックス文庫担当のH様、いつもありがとうございます。
H様のおかげで私があると言っても過言でないように思います。
イラストレーターの転《くるり》様、とても素敵《すてき》な絵をありがとうございます。
希望が通った時は喜びのあまりハイテンションを突破しました。
デザイナー様、校正者様、ダッシュエックス文庫編集部の皆様、お世話になりました。
また一緒にお仕事できる機会があることを祈って。

相野　仁

この作品の感想をお寄せください。

あて先　〒101-8050　東京都千代田区一ツ橋2-5-10
集英社　ダッシュエックス文庫編集部　気付
相野 仁先生　転先生

ダッシュエックス文庫

社畜、ダンジョンだらけの世界で固有スキル『強欲』を手に入れて最強のバランスブレーカーになる
～会社を辞めてのんびり暮らします～

相野 仁

2020年8月30日 第1刷発行

★定価はカバーに表示してあります

発行者 北畠輝幸
発行所 株式会社 集英社
〒101−8050 東京都千代田区一ツ橋2−5−10
03(3230)6229(編集)
03(3230)6393(販売/書店専用) 03(3230)6080(読者係)
印刷所 株式会社美松堂/中央精版印刷株式会社

ISBN978-4-08-631380-3 C0193

ブラック国家からホワイト国家へ！
魔法兵団で成り上がる
異世界無双ファンタジー!!

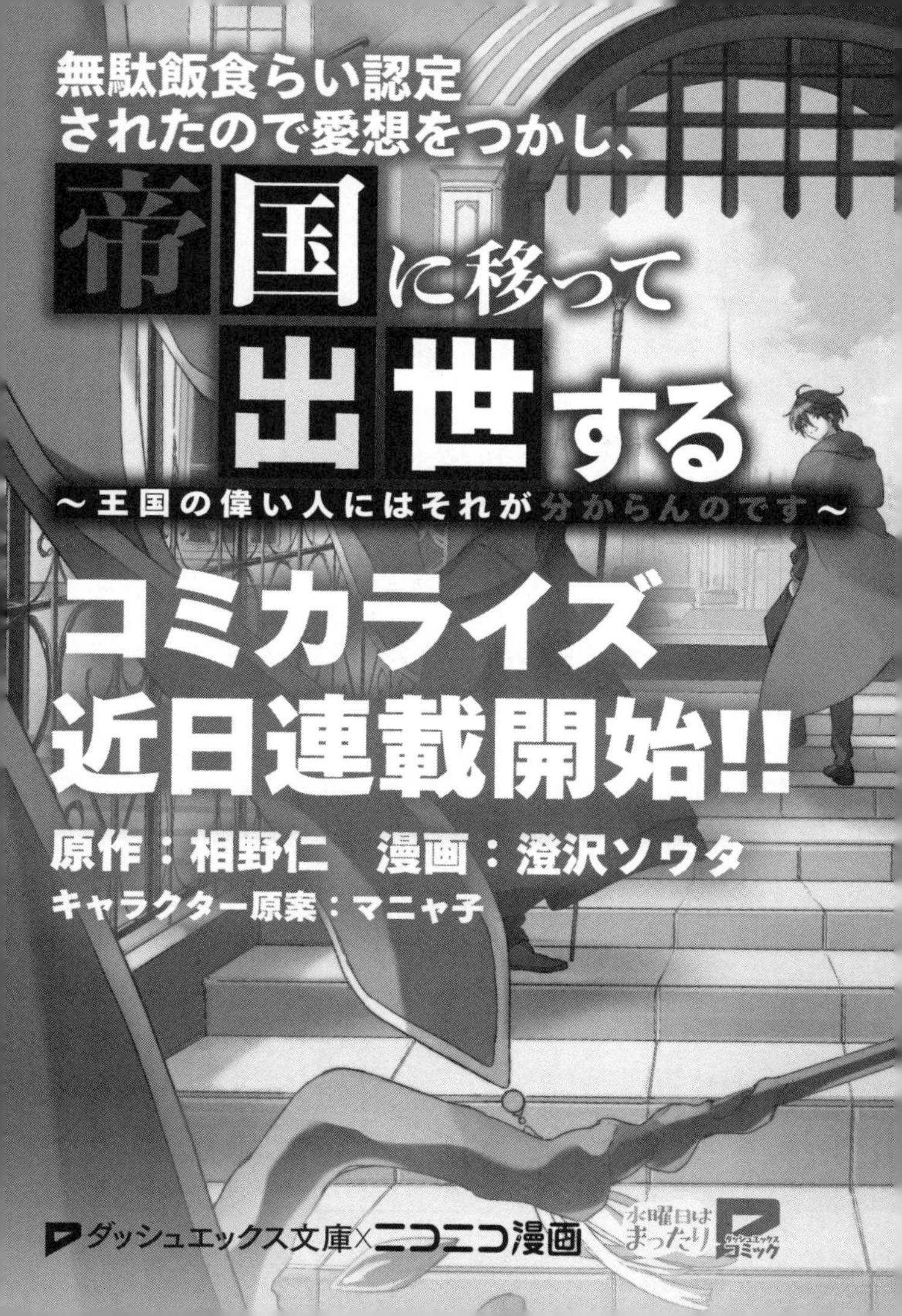
無駄飯食らい認定
されたので愛想をつかし、
帝国に移って
出世する
～王国の偉い人にはそれが分からんのです～
コミカライズ
近日連載開始!!
原作：相野仁　漫画：澄沢ソウタ
キャラクター原案：マニャ子
ダッシュエックス文庫×ニコニコ漫画
水曜日はまったり
ダッシュエックスコミック